大活字本シリーズ

愛の夢とか

川上未映子

埼玉福祉会

愛の夢とか

装幀　巖谷純介

目次

アイスクリーム熱

「まず冷たいこと。それから、甘いこと」

そんなの当たり前じゃないかというような顔で言うので、わたしはそのまま黙ってしまった。右目のわきに糸のような小さな傷がみえた。

そうだよなと思った。アイスクリームは冷たくて甘い。

今は冬で、店の中は暖房が効きすぎていて窓ガラスや眼鏡が白く曇ってしまうほど暑かった。でも文句を言う客は誰もいない。わたしはイタリアンミルクとペパーミントスプラッシュをいつもとおなじようにカップに入れてショウケース越しに彼に手渡した。

どうしていつもカップなの。アイスクリームのなにが好きなの、というひとつめの質問につづけて尋ねてみた。彼はわたしの顔をじっとみて、邪魔だからと短く言った。じゃあコーンは何のためにあるのか知ってる？　舌やすめ。そのとおりだったので、わたしはまた黙ってしまった。

彼がアイスクリームを買いにくるようになってその日でちょうど二

ヵ月だった。わたしはひとめみたときから彼を好きになったので、はじまりのことは何もかもをちゃんと覚えているのだ。彼は二日おきに規則正しくアイスクリームを買いにくる。店で食べて帰ることもあればそのまま出ていってしまうときもある。前髪は目にかかるくらいに伸びていて黒く、背は高くもなく低くもないといった感じ。最初の日は紺色のくたっとしたパーカーを着ていて、そのつぎはノルディックのニット帽を目深にかぶっていた。足はまっすぐで、趣味のいい感じがして、いつも手ぶらだった。夕方の四時くらいに来て、いつもおなじものを注文する。

家に帰って夜になると、かちかちになった足の裏を親指でちからいっぱい押しながらわたしはその日にみた彼についていて覚えていることをすべて手帳に書きつける。少し意地が悪そうな彼の一重まぶたの目が好きで、でもそのよさをどうやって表現すればそれをちゃんと言い終わったことになるのかがわからない。こういうときに比喩みたいなものがぱっと浮かぶといいのだけれど、わたしにはよくわからない。だから、切れ長の、とか、意地が悪そうな、とかそういう何も言ってないのとおなじような言い回しでしか記録することができない。でもそれも悪くないなと天井をみながらそう思う。うまく言葉にできないということは、誰にも共有されないということでもあるのだから。つまりそのよさは今のところ、わたしだけのものということだ。

彼もわたしのことを嫌いではないと思う。だって通りのはす向かいにもアイスクリーム屋があるのに（そっちのほうが人気がある）二日おきに買いにくるし、べつの女の子が空いていても何となくわたしに注文するし、一回につき一度はわたしの目をじっとみる。年齢も知らないし、仕事は何をしているのかも知らないけれど、ガラスの自動ドアを出てゆく彼の後ろ姿は淋しい夏休みの子どもみたいにみえる。つかのまの青い影のなかで横たわって、ひとりきりでじっとして動かない子どものような小ささがあって、誰かが帰ってくるのを待っているような、拒否しているような。あるいは、その両方をべつの誰かからされているようなものをまとって彼はいつも店を出てゆく。恋人はいるのだろうか。いても全然おかしくないけど、でも何となくいないような感じもする。あるいはゲイだったりするのだろうか。でもそういうのって、どこで判断すればいいのかわからない。それにそんなことを真剣に考えているわけでもなんでもなくて、ただ思いついてみただけのことだ。そんなことよりもっと重要なことは、彼がいつもおなじものを食べているということ。賭けてもいいけど、このさき十年だって彼はアイスクリームといえばきっとイタリアンミルクとペパーミントスプラッシュの組みあわせを食べつづけることができると思う。

今日は四時半で終わりだから、駅まで一緒に歩いて帰らないかとある日の夕方、誘ってみた。彼はわたしの顔をみて、少ししてからいいよ、と言った。並んで歩くと彼は思っていたよりも背が高かった。わたしがいつも立っているショウケースのこちら側は一段高くなっていていつも見おろす格好になっていたからわからなかったのだ。わたしは妙な上機嫌で目にみえる物の表面を――ビルだとか看板だとか人の顔とかベビーカーとか道とか――そのすべてを塗りつぶす勢いであれこれをしゃべりつづけた。彼はへえ、とか、うん、とか言いながらアイスクリームの盛りあがったところを舐め、ときどき顎をかたむけてカップのふちに垂れたのを舌のさきで丁寧にすくった。仕事は何してるの。家でする仕事。年はいくつなの。三十三。家は近くなの。駅の向こう。独り暮らしなの。そう。駅までの十分間のあいだに彼はわたしの質問にすべて答え、わたしには何も質問しなかった。

「アイスクリーム、わたし得意なんだよ」と嘘を言った。「何でもつくれるよ。冷凍庫さえあったら。もしよかったら大量につくってあげるよ」しばらくしてから、わたしの目をみないで、いいね、と彼は言った。その日はそのまま別れ、わたしは家に帰ってアイスクリームの作り方を調べた。アイスクリームを作ったことなんてこれまで一度もなかったし、お店にあるのだってできあがったものが朝運ばれてきてわたしたちはそれを売るだけだった。何と何を組みあわせればあんな形や色や味になるのか、始まりも終わり方もまるで見当がつかない。

次の日も彼はアイスクリームを買いにきた。それからおなじように駅までの道を一緒に歩くことが何度かつづいたけれど彼は何も言わないので、わたしも何でもないような顔をして、いつ作りにいってもいいの、と尋ねてみた。何を。アイスクリーム。ああ。いま食べてるからまた今度でいいよ。べつに今日食べなくてもいいんだよ。残しておけるんだよ。へえ。だから今日作りにいってもいい？　しばらくしてから、彼はいいよと言った。

彼の家には信じられないくらいたくさんの本があり、なぜこんなに本があるのかという質問に、自分も本を書く仕事をしているのだと言った。すごいね、とわたしは言った。話をぜんぶ頭の中でつくるんでしょ。そうだね。すごいね。まあ。かきまぜた材料が凍るまでの時間をわたしたちはキッチンのテーブルに向かいあわせに座って過ごすことにした。わたしはまたいくつか質問をした。彼はそのひとつひとつに答えてくれた。わたしは首のあたりがちくちくする赤いセーターを着て、彼は胸に月桂樹の輪が刺繍されたポロシャツを着ていた。わたしは彼が淹れてくれたお茶を飲み、寒くないのときいてみた。寒くない、と彼は言った。それに、寒くても寒いのは好きだと言った。それからはふたりとも黙ったままだった。何の音もしない部屋のなかで、彼は何かべつのことを考えているようにもみえたし、わたしといる今のことを考えているようにもみえたし、このあとのことを考えているようにもみえたし、それから本当に何も考えていないようにもみえた。

真夜中を過ぎて、朝の四時まで待って取りだしたアイスクリームは失敗だった。どろどろの粥みたいになっていて、散々だった。それでも一応お皿に載せて食べてみた。わたしも彼も黙って食べた。全然おいしくなかったけれど、それでもアイスクリームは真っ白できれいなものだなと思いながらスプーンですくった。やがて紫や青がまじった帯のような夜明けがやってきて朝になり、わたしはもうそろそろ帰るよと言ってみた。彼はうんと肯いて、玄関まで送ってくれた。いつもより時間をかけて靴を履いてふりかえったときに目があって、そのまま動かない何秒間かがあったけれど、それはそのまま死んでしまって、わたしは小さく声を出して歩数をかぞえながら駅までの道を歩いていった。

電車のなかでわたしは夢をみた。何の夢だったかは覚えてないけれど、眠りに落ちるまえのまだらに色づく意識のなかで、さっきのアイスクリームのうえに葉っぱみたいな、小さなグリーンの、何かがのっていれば少しは違ってみえたのになとかそんなことを思っていた。夢の入り口のわたしの指は、彼の胸にあった月桂樹の葉の一枚をぷちんとちぎってそれをほとんど溶けて液体にしかみえない彼のアイスクリームのうえにそっとおいた。白にグリーンっていいよねと言うと、彼はそうだねと言って、もう一枚、自分の胸から葉をちぎってそれをわたしのアイスクリームのうえに浮かべるのだった。

それから彼はアイスクリームを買いにこなくなった。似た感じの人が入ってくるとどきりとしたし、しばらくは駅までの道をわざとゆっくり歩いて、すれ違う人の顔のなかに彼のがないかどうかを探したけれど、家のほうまでは行かなかった。連絡をしようにもわたしは表札でこっそり確認した名字しか知らなかったし、彼はわたしの名前も知らなかった。

一ヵ月間くらい何となく苦しい気持ちでいたけれど、二ヵ月にさしかかるころにはもう、何も考えなくなっていた。アイスクリーム屋はそんなに暇ではなかったのに、とつぜん閉店することになったと知らされた。わたしは次のアルバイト先を探すためにあちこちを歩き回ってそのほとんどに断られ、自分が何もできないままこんな大人になってしまったことを思いしらされる日々を過ごしたけれど、歩いたり眠ったりしているうちに、そんなことも忘れてしまった。ときどき駅の冷たいベンチに座って時間をつぶした。そしてわたしのほかには誰も何もいないのに、さよならと声にして言ってみると、それは自分の声じゃないように聞こえて、でも、だからといって、自分の声がどんなだったかなんて、最初から知らないわたしには思いだせるはずもなかった。

愛の夢とか

ばらの花には何百という種類があるから、このばらの、ほんとうの名前はわからない。でもこれが、ばらだということはわかる。六月の曇り空の下で左右に伸び広がってゆく新しいみどりの茎のさきざきについた、固いのやすぐにでも咲こうとしているつぼみを見ていると、どこをみて、これがばらだとわかるのだろうと、ときどき不思議な気持ちになる。とげがみえるし、花びらも、やっぱりどこかしらがばらだから、見るだけでそれはばらということがわかってしまう。でもきっと、世界には、あたりまえだけどわたしの想像もつかないかたちと色とふさをもったばらの花というのは存在していて、たとえば思いがけない旅先で――エジンバラとかマケドニアとか？――それらに遭遇したら、どうなんだろう。でも、それがどんなにはじめてみるばらであっても、それがばらであるなら、それはばらであることを、わたしはただちに知るだろう――なんちって。持ち手のところが破れているのか腐っているのかわからないけど、とにかく水が漏れつづけていていやになる馬鹿みたいにくるくると長いホースで水をやりながら、今朝もぼーっとそんなことを考えた。

駅前にはひとつだけまともな花屋がある。まともっていうのは、ぱっと入って値段をいって花束をまかせられそうかどうかが基準。深いみどりの小さな葉に白い花を咲かせているのが目に留まって、その日はわりにすばらしいような天気だったからそのことを何となく記念して、このばら、みっつくださいなといってみた。代金を払うとき、切り花じゃないのを買うのははじめてなんですよとつけくわえると、この子、丁寧に世話をすると一年中咲いてくれますよ、なんてものすごい笑顔ですごく太った店の女の子が笑うので、わたしもそのヴォリュームの余韻をかりて笑顔をつくって、大事にしますと手をふった。

川の近くに家を買って、二ヵ月したらとても大きな地震がきて、しばらくはゆううつでぐったりしていた。夫はわざとそう思いこんでいるのか、ほんとうにそういう感想なのか、東京は何の心配もないと最初から今まで一貫してそういうスタンス。そして地震の日から一ヵ月もたてば、緊張も心配もゆううつもたしかにどんどん薄まりはじめて、気がつけばぼんやりした春を通過していて、ばらなんかを買ってみたというわけだ。そういえば、あの日の花屋はそのあたりの主婦というか母親というかそういった人たちでなんだかずいぶん混みあっていた。アイビーとかオリーブとかふさふさしたのに顔をうんと近づけて、それから冷えたガラス戸の奥にある色つきの花を指さして、これもっといただける、おなじのが入ったら連絡して、やっぱりこれもいただくわ、なんて口々に言ってまるで競いあうように植物を抱えて狭いところをいったりきたりしているんだった。わたしは、そのとき目に入った財布の色なんかを覚えてる。灰色のぶつぶつのオーストリッチの長財布なんて、すごく趣味がわるいなと思ったことも覚えてる。

それでその夜、帰ってきた夫にちょっと話してみたんだった。みんな花でも買って、なんか日常っぽい感じを演出して安心とかしたいのかな。そういうのはあるだろうね。話はそこで終わってしまった。そうだ、そういえばさ、こんな話きいたよ。っていうか、読んだよ。国際結婚の夫婦とかでさ、日本を離れるか離れないかですごくもめるらしいんだよ。なにがあっても逃げたくないっていう日本人の倫理と、こんな非常時に出国しないなんて信じられないっていう外国人の常識があって、そのお互いの気持ちをうまく言葉にすることができなくって、けっきょく別れた人たちけっこういるってそういう話、読んだ。まあ、いろんなことが試されてるのは間違いないねと夫は言って、いつものようにそそくさとわたしからは見えない場所へ行ってしまった。

でもわたしの話にはつづきがあって、わたしたちは最低でもおなじ日本人だから、なんていうのかな、どうなるかはわからないけど、もしかしたら何かが爆発して死んでしまうかもしれないけれど、むずかしいことはよくわからないけど、彼らよりはまだましなんじゃないのかな。なんていうか、先天的な一致の部分で。あきらめっていうか、そういう部分で。そしてそれはちょっといいことなんじゃないのかなって、そういう話だったんだけど。

夫の帰りはおそい。わたしはひとりで過ごす一日をいったい何で埋めているのか、ふだん考えることはないけれど、だからときどき考えてみようとすると気がめいるから、ほとんどしない。仕事もしていないし、妊娠しているわけでもないし、ふたりぶんの家事なんて洗濯とか掃除とか、まあ一軒家になって多少広くなったとはいっても、そんなの二時間あれば済んでしまうし、テレビもみないし本も読まない。考えてみれば何もしない。習い事もしていないし、凝った料理をつくる根気も技もないし、ほんとうに何もしていない。ソファで横になってると、毎日どこからかぼーんぼーんっていうピアノの音が聴こえてくる。けっこう上手くてはじめは録音した曲なのかと思ったけれど、途中で切れたりやりなおしたりしてるから誰かの練習だってことがわかった。あるいは表現？　いずれにせよ時間はばらばら。朝九時に聴こえてくることもあれば、夕方のときもあるし、最高におそくて夜の十時のときもある。そんなふうに誰かはピアノを弾いているけど、わたしはピアノを弾いていない。わたしの何もしていなさについて考えはじめると、どういうわけか、おでこのうらに真っ白なふすまみたいなのがぱたんぱたんと広がっていくのがみえて、いつだったかそのまま昼寝をしたときにとても無駄な夢をみたから、ああいうの、かかわりたくないなって思ってしまう。だけどやっぱりときどきは考えてしまうときもあるから、このあいだはダイニングテーブルにむかってとりあえず、何って字を書いてみた。まったく意味のない時間だったけど、それはそれで発見したこともあって、よくよく見ると何って字はわたしの顔にそっくりなのだ。

そんなふうに何もしていないわたしだけれど、ばらの花をきっかけに、気がむいたら植物の鉢植えなんかをぽつぽつ買うようになっていって、今ではけっこうな数になった。庭はないから玄関のポーチみたいなところ。郵便受けといっしょになってる外灯のてっぺんにはアイビーの鉢をおいて髪の毛みたいにだらりと垂らして、わきにはオリーブの鉢植え、その下にはアジアンタム、すみれ、ユーカリ、あと何度きいても覚えられない小さな青い花のこちょこちょした、でもすごく丈夫なやつに、それからチョコレートコスモスをそれっぽく並べたりなんかした。それっぽくっていうのは、カフェの入り口みたいなああいう感じ。最初のばらは大きな鉢に植えかえてやると、恥ずかしいくらいに盛りあがって、気がつけば倍ぐらいにひろがってるから驚いた。うさぎみたいにあとからあとからつぼみがふえる。ほかには寄せ植えのやりかたもネットの掲示板でおしえてもらって、スコップとか肥料とか、鉢の底にしく小さい石ころとか、そういうのもネットでそろえた。あと、専用のはさみなんかも買って、黄色くなったり黒くなったりしてだめになった葉っぱとかをざくざく切って、それこそ散髪するような感じがあって、それはすこし気分がよかった。

そんなふうにやりはじめると、よそのうちの庭というか花壇事情も気になりだして、朝はそのためにかかさず散歩にでかけるようになった。手入れをしている植物とそうでない植物は一目瞭然。放っておかれてだんだんだめになっていく花とか木とかを見つけると子どものころを思いだす。それから、花のことなんか何も知らないわたしがかろうじて知っている花のひとつ、つばきはこのあたりじゃとても人気があるみたいで、すごく実直な感じで生えているのを数えきれないくらい見た。油っぽい壁みたいなつばきをみると、いつも無理矢理っていいう言葉がうかんだ。どの家もどの家も、どうしてつばきで建物をくるんでるんだろうって思っていたらそれは火をふせぐ効果があるからで、たしかに簡単には燃えてくれないような顔してる、とそれはそれで感心したりもするんだった。

もし強盗かなにかに入られたら、とわたしはときどき夢想する。もちろん盗まれるだけじゃすまなくって、けっこう派手に——ずたずたに切り裂かれたり、そのほかの手口でわかりやすく惨殺なんかされたりしたら、きっと暇なやつらがわらわらと家のまわりにやってきて近所の人にマイクをむけて、殺されたかたはどんな人だったんですかっていうあのお決まりのコメントを求めるはずだった。そのときわたしはきっと「ええ、お話をしたことはないんですけど、とにかく土いじりのだいすきなかたという感じでしたね。朝も昼も、それから夜もとても熱心に、いつもお手入れされていて。ええ」みたいな感じで語られることになるんだろう。うねりながらからまって、どんどんふえようとするアイビーを指先でほぐしながらこれもすこし気分がよかった。

ある日の昼すぎに、根っこが伸びすぎたワイルドストロベリーをじゃきじゃきやってると隣の家の車庫のシャッターのまきあがる気だるい音がして、そこからベンツが鼻をだした。大きな車。まるい鈍さ。見送りにでてきた女の人は胸のあたりで腕を組んで、運転席は陰になってってよくみえなかったけれど、車はすぐにいきおいよく走り去った。

彼女はわたしに気がつくと、こんにちは、とすごく感じよく笑ってい
つもきれいにされてますね、とさらににっこり笑ってみせた。

買ってきたのを並べているだけで、ぜんぜんなんです。

わたしもおなじくらいににっこり笑ってみせた。彼女の年齢は、顔は六十代前半、そのほかの部分は七十歳前後って感じだった。なにしろ髪のほとんどが白くなっていて染めるとかそういうことは考えたこともない感じだった。化粧っけのない肌はもちろんもう張りはないけど妙な透明感があって、それはいつだったかサウナか温泉かどこかで見た色素がもう抜けきって子どもみたいになってるおばあちゃんの乳首なんかを思いださせた。

ここに越してきたときに、いちおうの挨拶として菓子折りなんかを

持って近所の何軒かの呼び鈴を鳴らしたけれど、彼女の家は何度行っても誰も出てこなかったから、けっきょくまともに口をきくのはこれがはじめてだった。

すごくお花のセンスがよくて、いつも楽しませてもらってるの。

うれしいです。ひょっとして、おうちのどなたか、ピアノを弾かれていませんか？　すごく上手なピアノ。

えっ、上手だなんて。あれ、わたしなんです。わたしが弾いてるのよ。

そうだったんですか。なんか感激。わたしこそいつも楽しませてもらってます。とってもお上手なんですね。

ぜんぜんなのよ。子どものころ、十年くらいやってたんだけど、もうまったく弾いていなかったの。それでこの歳になってまたゆるゆる弾くようになってしまって。

いいですね。なんていうか、自分自身のために演奏できるなんてうらやましいです。すばらしいですよね。そういうのって。

さっきの車、調律のかたなんだけど、ちょっと聴いてみてって座ってもらってね、聴いてもらったの。じゃあもうだめね、ぜんぜん弾けないの。ひとりのときならいちおう最後まで弾けるのに、誰かの耳があると必ず間違えちゃうのよ。

でもわたし、最初、ＣＤかと思っちゃいましたよ。

何の曲かしら？

わたしぜんぜん知らないんですけど、わたしでも聴いたことあるからきっと有名な曲だと思います。たーん、たん、たんっておなじ音が最初のほうで鳴って。

リストね、リスト。愛の夢だわ。

そうなんですか、ああ、そうかもしれない。いわれてみればそんな感じのメロディ。すてきですよね。

じゃあ今度、ぜひ遊びにいらして。ピアノは聴かせられるようなものじゃないけど、お茶ぐらい飲みにいらしてね。


つぎのつぎの、そのまたつぎの日、わたしは駅前のマカロン専門店でカラフルなマカロンをどっさり買って、それから並びのデパートの地下で二番目に高い値段のついたさくらんぼの箱を買って、呼び鈴を鳴らした。午後の二時。洗濯物をとりこんで掃除機のコードをぬいて買い物にでるまでのみんながいちばん暇な時間。あんたにだけは用がないと離れたところからひそひそと笑われているようなそんな時間。思い出とか想像とかうわさ話とかありとあらゆる手持ちの材料を総動員して妄想をふくらましても、それがうまくふくらんでいるのかどうかもわからないそんな時間。あほみたいな出来事待ちのそんな時間に呼び鈴を一度鳴らして、しばらくすると彼女の声がした。こんにちは。こんにちは。さくらんぼ、たくさんいただいちゃって、もしよかったら。今あけるわ、ちょっと待って。

彼女の家はわたしの家よりずいぶん広いように感じた。きれいに掃除がゆきとどいていて、家具には統一感がばっちりあって、ぜんぶのカーブには重そうな艶がのっていて、何もかもがいちいち高そうだった。人の家に独特の、きらいじゃないあの匂いがふわんとしていた。リビングにとおされて革なのにやけにふかふかした大きなソファは太もものうらに触れたとき冷たかったけど、数秒後には体温としっとりなじんで、わたしはテーブルのうえにさくらんぼの箱とマカロンの包を置いてどうぞと言った。彼女はありがとうとにっこり笑ってそのふたつをもってキッチンへゆき、しばらくしてコーヒーとマカロンを感じよく盛った皿と一緒にもどってきた。お手伝いさんが出てきてもおかしくない雰囲気だったけどさすがにそれはないみたいで、わたしはコーヒーを一口飲んでマカロンをつまんで前歯でちいさく齧った。ところでマカロンを買うときのあの気分っていったい何だろうといつも思う。自分が掛け値なしの馬鹿になったみたいな気持ちになっていっそ清々しくなるあの感じ。ただ甘いだけで蓋みたいなのも上顎にべったりくっついてうっとうしいし、そもそも名前がすごく間抜けだし、中身がないのにそれっぽいってだけで重宝されてみんなほいほい買っていくから値段が高いのもむかつくし、第一おいしいと思ったことなんてこれまでただの一度もないことを思いださせる、あの感じ。

じゃあわたし、ピンクのをいただくわ。

どうぞ、この黄色のもおいしいですよ。

しばらくすると彼女は自分とピアノの歴史について語りだした。はじめてついた先生のこと。はじめての発表会のこと。バッハのインベンションなんとかのこととか、年齢における指と耳の限界についてとか、そのほかいろいろ。わたしはもっと、たとえば彼女の旦那が何をして稼いでるのかとか、家族構成はどうなってるのかとか、近所の誰それがどうだとか、地震のせいでこのへんの土地が値下がりしたってきいたけどじっさいのところはどうなのかとか、どうでもいいけどこういう場合にはお誂えむきの軽い話題で時間をつぶしたかったんだけど、彼女はそういう話にはまったく興味がないみたいでわたしにもいっさいそういう感じの質問をしなかった。仕方がないのでうんうんと肯いて彼女の話に耳を傾けていたけれど、そのうち、彼女のしゃべりかたなのか声のトーンなのか、どこかに見覚えのあるものがなんとなくひそんでいることに気がついた。でもそれが何なのかはもちろんわからなかった。布のはしっこが視界のはしっこでちょっと揺れてみせるようなそんな感じだった。色もおおきさもわからない。ただ揺れてたってことだけが目に残るようなそんな感じ。それに知らない家の知らない女の人のまえに座って知らないソファにもたれて知らない話をきいていると、喉からへそにかけての何かがゆるやかになっていく感じもした。それは誰かにとっては自分だってただの知らない人なのだというそんなあたりまえのことを、手のひらをやさしくにぎってそこを指でなぞってそっと教えてくれるような、そんなあてのないゆるやかさだった。でもそれは安心して身をゆだねられる種類のゆるやかさではぜんぜんなかった。それはかつて、わたしやわたしにかかわった数人の人たちをほとんど理不尽にくるしめた不安とか嫉妬とか衝動とか情熱とか――こうして書いてみると馬鹿みたいだけど、そういったものはすでにあとかたもなくわたしを去ってしまって、いま見えているもの、これから触れることができるもの、かぐことのできるものはすべてそれらの残りかすにすぎないんだってことをどうじに教えてくれるからだった。

ひととおりのことを話して、ひととおりのあいづちを打って、それからひととおりの時間がすぎてしまうと、お互いにもう――というか最初から、何も渡しあうものがないことに気がついた。そろそろおいとましますね、今日は楽しかったです、とにっこり笑って腰をあげようとしたときに、彼女がすこし言いにくそうにして、ピアノを一曲だけ聴いていってくれないかとたのんできた。もちろん、と答えてわたしはさらににっこり笑ってみせて、彼女のあとについてピアノのある部屋に入っていった。

そこは十五畳ぐらいある彼女の寝室で、ここにもまた高級家具が並んでいて、その重くてまっすぐな感じは禁欲的な一生を送ることに成功した立派な熊のための棺桶を思わせた。オットマンに腰をおろして、すごくすてきな寝室ですねと言った。あなたの趣味って、といいかけて、あなた、というのは何となく面倒な距離を感じさせてよくないと思いなおし、それからわたしは彼女の苗字が思いだせないことに気がついた。なんだったっけ。目のまえのこの女の人って、いったい何さんだったっけ？　どれだけ架空の布で架空の頭の中をぬぐってみてもその架空の布には何のあともつかなかった。べつに家を出るまで名前を呼ばないでいれば済む話だったんだけれど、苗字をど忘れしてしまったことに動揺していたせいか、わたしは思わず、何とお呼びしたらいいですか、と口走ってしまった。

テリーって呼んで。

彼女はわたしの目をまっすぐに見つめてからもう一度言った。

テリーって呼んで。

テリー、ですか。

そう。テリーって呼ばれたいの。

ほんとうの名前が照子とか照代とかなのかと一瞬思ったけれど、それはきかないでおいた。テリーって、それは呼び捨てでいいんですか。いいのよ。わかりました。笑顔のまま何とかわたしは答えたけれど、そのあとちょっとだけ気まずい空気が流れた。こういうときは、なんというのか流れ的に、じゃあテリー、何か弾いてみせて、とかさらりと言ってみせるべきなのかなと迷ったけれど、当然ながらそんなことをうまく言える自信はなかった。わたしはかろうじて笑顔を顔にのせたまま彼女に両方の手のひらをみせてそれをすこしあげてから、どうぞ、という仕草をしてみせた。すると彼女は、わたしをじっと見たまま、あなたのことは何て呼べばいい？　とにっこり笑ってきいてくるのだった。わたしですか。わたしは自分の名前を思いだして、それをただ言えば済む話だったのだけれど、なぜだかすぐに答えることができなかった。彼女は黙ったままのわたしをしんぼう強く待った。わたしは焦りはじめ、ええと、ええと、と頭の中にあるこれまで見聞きした名前を適当につかまえてそれを言ってしまおうとしたけれど、当然のことながらそれはわたしの名前ではないので、それを口にする決定に、なんだかいまいち欠けるのだった。どれでもいいけど、どれでもよくない。頭に浮かぶどの名前も、何かがどこかが、嘘のような気がする。もちろんそれは嘘に違いないんだし、嘘でまったくかまわないはずなんだけれど。

ビアンカ、でお願いします。

ビアンカ。すてきね。

わたしは自分の顔がものすごい勢いで赤くなるのを感じていた。なぜビアンカ。よくわからないけれど、口から出た名前はビアンカだった。どこの国の名前だろう。たぶん子どものころに読んだ漫画か何かの主人公の名前とか、きっとそういうことなんだろうけど。それでもビアンカ、と頭の中でもう一度、自分のことを呼んでみると、おかしなことにどこかが妙な開放感めいたものに包まれて、またどこかがしっかりとしたまどろみにむかって漏れだしていく感触がするのだった。

ビアンカ、聴いてくれる？

もちろんです。

わたしが返事をしてもピアノのほうをみようとしないので、あわててテリー、とつけくわえた。するとテリーは満足そうに微笑んでみせて、聴き覚えのあるあのたーん、たん、たん、たんの曲を弾きはじめた。しかし出だしですぐにつまずいて、そのあとも何度もおなじところでつまずいた。それを何度も繰りかえして、しばらくするとテリーは首を左右に動かして深い深いため息をついてから、わたしのほうをふりかえった。

ビアンカ。ね、言ったでしょう。わたし、誰かに聴かれているとだめなのよ。

でも、すごくいい音ですよ。音にまず引きこまれちゃうっていうか、一瞬で景色が変わっちゃうっていうか。それにこういうのって慣れだと思いますよ——ってすみません、よくわからないのに適当なことをいって。

ううん。そういうことだと思う。でもね、わたしすごくうれしかったの。ビアンカがこのあいだ、わたしのピアノをとてもいいって言ってくれて、それから感激だなんて言ってくれて、わたしそれがすごくうれしかったの。そして今日、ほんとうにこんなふうに来てくれて。わたし、ピアノにはすごくいやな思いがあるから、そういう思いだけが残ってるから、それとさよならするための、再開でもあったの。リストの愛の夢はわたしにとってちょっとした苦い……というのでもないわね、かなりつらいメモリーとともにある曲なの。これをビアンカのまえで失敗せずに、つまずかずに弾ききることができたら、わたしすごく、なんていうのか、すごく変われるような気がするの。

そういうのって、わかります。

このあいだ話してみて、直感したの。

直感の感じ、わかります。

テリーはそのあと、たっぷり二時間——壁にかかったアンティークのぼんぼん時計を見ていたから間違いないけど、休憩も何もなしでその愛の夢っていう曲をひたすらに弾きつづけた。わたしは背もたれのないオットマンにずうっとおなじ姿勢で座ったまま、テリーの後ろ姿とぴかぴかに磨きあげられた家具と、ときおり甦ってくる記憶のなかのごちゃごちゃした風景や誰かと交わした言葉なんかを行き来し、そしてときどきはっとしてピアノの旋律に耳をやると決まってテリーはつまずいているのだった。二時間をやるだけやったテリーは、今日はもうこれくらいにするわと言って立ちあがった。わたしもこれまで見たことも触ったこともないぐらいの巨大な息を胸の中で心ゆくまで吐いてから立ちあがり、ちからをこめて肯いた。腰は鉄板を横から挿しこまれたみたいにこわばって、目の奥には古い綿をいっぱいにつめられたようなだるさがあった。ふたりとも黙ったまま階段を降りて、玄関で靴を履いているわたしにテリーが言った。

週に二度、ビアンカの都合のいいときにきてくれないかしら。わたしの愛の夢が完成するまで。

火曜日と木曜日に、しましょうか。

そうしてわたしは火曜日と木曜日の午後をテリーのピアノを聴いて過ごすことになった。


毎日かならず練習して、しかもかつてはべらべらと弾くことのできた曲を、いくらブランクがあるといってもこんなにまで弾けないことってあるんだろうか。あるんだろう。楽器を演奏するということはそれぐらいむずかしくて奥深くて繊細なことなんだろうけれど、でもテリーの上達のしなさっぷりといったらちょっとなかった。わざとなのかと思うくらい、テリーはかならず出だしでつまずき、間違え、そのあとちょっとうまく流れにのったように思えても、またすぐによく似たところで止まってしまう。愛の夢という、なんだかおしりの割れ目がむずむずするようなタイトルのこの曲はとどこおりなく弾いてしまうと四分ちょっとの長さなのに、その四分をテリーは弾き抜くことができなかった。初心者向けの曲なのか、そうでないのか、もしかしたらすっごく上級者のための曲なのかわからなかったけど、途中の盛りあがりのところとかとにかくすごく大げさで、駆けあがってゆくのか駆けおりてゆくのかその両方なのかわからないけど、過剰に劇的な雰囲気がちょっとこそばゆくって大変だった。もう終わりと見せかけて無駄にヒステリックな高い音でつながって、そしたらあらヒステリックに聴こえたかしら？　わたしただ気位が高いだけなんだけど、みたいな言い訳までが聴こえる始末。そのあとすかさず低音で説得力を響かせて、まだまだつづくと思わせておいてぷつんと切れて、これまでかかわったいろいろをいっさいがっさい置き去りにするこの感じって、なんだかいったいどうなんだろう。

それでもテリーはこの曲にたっぷりの思い入れがあるみたいだから、火曜日と木曜日はやっぱりたっぷり二時間を休憩もなしに弾きつづけた。ちらっと横顔を見てみると、いつだったかあるときなんて粒の汗をよだれみたいにいっぱい垂らして、見ていて思わず笑ってしまうくらいに愛の夢にのめりこんでいるんだった。帰るとき、テリーはいつも謝った。ビアンカごめんなさい。今度こそ、次回こそ、一発で決めてみせるから。わたしは六十歳と七十歳が同居しているテリーの口から一発で決める、なんて言葉が出るといつもちょっとだけ愉快な気持ちになった。

何度か顔をあわせるうちに、そうはいっても個人的な話とか世間話とか、そういう話題もいつかはでるだろうと思っていたけど、テリーとわたしのあいだにそういう話はいっさいなかった。テリーはわたしの夫が何をしているのかを知らないままだったし、わたしもテリーの夫が何をしているのか知らないままだった。家族はどんななのか、生まれはどこなのか。何歳なのか。毎日、何をして過ごしてるのか。ここにどれぐらい住んでいるのか。そもそも夫はいるのかどうか。テリーに子どもはいるのかどうか。わたしに子どもをつくる気はあるのかどうか。いったいどういう暮らしをしているのか。わたしたちはお互いのことについて、何も話さなかった。

テリーはただ黙ってピアノを弾き、弾きはじめるまえのお茶のひとときには前回の反省をとうとうと述べて、それから今日の抱負めいたものを真面目な顔でつぶやくのだった。わたしからみて、テリーは不幸な女性なのか、そうでないのか、わからなかった。わたしは女の人をみるたびに、かならずその人がどれくらい不幸かどうかを想像してみる癖がある。それであなたは不幸なんですか、どうなんですか、とちょくせつ本人に聞くわけにもいかないから、その想像はそれきりで何の役にも立たないのだけど。テリーは真剣そのものだった。けれどおなじくらい、いつも自信のない顔をしてわたしを見た。わたしはそのたびに、今日はきっとだいじょうぶですよと言い、なんだかそんな気がするんです、そしてあわてて、テリー、とつけくわえた。そう、ビアンカ。そう言ってくれるのが、なにより。それでもテリーはなかなか最後まで弾きとおすことができなかった。二週間が、三週間が、誰もいない長い廊下をゆっくり歩くみたいに過ぎていった。

家でぼうっとしていると、テリーがあいかわらず愛の夢を練習しているのが聴こえてきた。わたしはもうほとんど覚えてしまったメロディを鼻で追いかけ、なぞりながら洗濯物をとりこみ、食器をふいた。たまたま家にいた夫が鼻歌なんてきいたことない、どうしたのかときいてきたけど、夫にはテリーのピアノの音は聴こえないみたいだった。ねえ、それよりビアンカって名前、どう思う？　ビアンカ？　何だ、それ。ビアンカって、いい名前だと思わない？　そうかな。イタリア語？　いいんじゃない。まあいい名前っていうのが、どういうのかわからないけど。

たまに原発関連のニュースなんかをみているときにかすかにピアノ

の音が聴こえると、わたしはすぐにテレビを消して壁にそっとちかづいた。掃除機をかけているときに気がつけば、すぐにスイッチを切って窓をあけた。それからときどき、ダイニングテーブルにむかって深呼吸をひとつして背筋をぴんと伸ばし、それから両手をそっと置き、テリーの鳴らす音にあわせてでたらめに指を動かしてみることもあった。それはまるっきりのでたらめで、ただ指をテーブルのうえでぱたぱたさせているだけなのに、ピアノにさわったのなんて小学校の音楽室が最後なのに、曲が終わって指が止まると、これまで経験したことのない高揚感が喉の奥とか頭のずっとうえのほうから光のまじった雨みたいに降ってきて、それには胸がすこし痛いくらいだった。そして、こんなふうに自分の指と目とからだを使って、こんなふうなことができるということは、いいことなんだなとそんなことをぼんやり思った。それからふと不安になった。こんなふうなことというのは、何だろう。ただピアノにさわることなんだろうか。それとも音符を読んで、あるいはそらんじて、ほんとうのピアノで一曲を満足に弾いてみることなんだろうか。どうなんだろうか。それとも、そのことが連れてくる、それ以外のことなんだろうか。考えてもよくわからなかった。けれど、誰かが時間をかけて自分のものにしたピアノの音にあわせてでたらめに指をうごかしていい気分になってみることではないということだけは、何となくわかるのだった。

わたしが通いだして十三度目に、テリーはやっと愛の夢を間違えずに弾き切ることができた。それはとつぜんやってきた。どうせ今日もだめだろうと、それすらとくに思うこともうなくなっていたわたしが言うのもなんだけど、テリーのその演奏は、すばらしいものだった。ものすごい集中力で、一度きりの何かを一度きりの何かにかけがえのないしるしをつけてゆくように、すべての鍵盤をふだんはふれることのできないこころのやわらかい場所にやさしく沈め、ときには激しくひっぱりあげ、すべての呼吸はテリーの指と腕と、それからテリー自身にぴったりと寄りそった。音のひとつひとつは見えない糸でしっかりとつながれ、しかしそれらはあまりに自由で、真ん中あたりの、あのまるで世界そのものがまぶしさをこらえきれずに瞬きをしているようなあのきらきらしい連打に――思わずわたしは胸をおさえた。終わらないで、ともうすこしで、声にしてしまいそうだった。

最後の一音の余韻が部屋からうしなわれてしまうと、テリーはしずかにこっちをむいて、小さな声でやったわ、と言った。それからすこし、おおきな声で、ビアンカ、やった、ビアンカ、ちゃんと聴いていてくれた？　聴いてたテリー、やったわ、とわたしは言った。テリーは口をとじたまま、ふうふうと鼻の穴をふくらませて興奮しているようだった。わたしは立ちあがって、顔の高さまで手をあげて思いきり拍手した。頭のうえでも拍手をした。手の感覚がなくなるまで拍手をした。テリーも負けじと拍手をした。部屋はふたりの手をうつ音でいっぱいになり、そのことがまたふたりをしあわせな気持ちにさせた。

ふたりともずっと拍手を送りあっていた。わたしたちは、はたからみれば老人に近い白髪女と顔色の悪い瘦せぎすの四十女だったけど、そのときわたしはビアンカで、テリーはテリーだった。それから――わたしたちはどうしてそんなことになったのか、いまもまったく思いださないのだけれど、どちらからともなく、くちづけをした。ただくちびるをあわせるだけのそれはくちづけだったけど、わたしたちはとてもこころのこもったくちづけをした。

それからわたしはもうテリーの家へゆくことはなかった。これまでもそうだったように、テリーの姿をみかけることもなかった。隣に住んでいても、そういうものだ。ときどき車庫のシャッターの音がして、二階のキッチンの窓から車が出てゆくのが見えたけど、誰が乗っているのかまではわからなかった。わたしもこれまでとおなじようにポーチのまわりのアイビーやらチョコレートコスモスやらすみれやらに水をやり、いらなくなった葉をじゃきじゃきと切り、虫除けのスプレーをしたり栄養剤を土に埋めたりなんかして、ほかには何もすることのない毎日を過ごした。ピアノの音はあれからぴたりと聴こえなくなって、気がつくと八月になっていた。梅雨のころには恥ずかしいほどにつぼみをつけて、これからどうなってしまうのだろう、家のまわりがばらぐるいみたいになるんじゃないのと心配までしたばらの花はほとんど枯れて、すこしまえに花をすべて落としてしまうとあとは葉っぱだけになってしまった。それでも深いみどりの葉っぱのかげには小さく散った白い花びらが残っていて、わたしはそれを一枚二枚と手にうけて、何を記念するわけでもなかったけれど、何となく、日のあたる窓辺にならべてみた。

いちご畑が永遠につづいてゆくのだから

待機。くしゃみが出そうになって、出なくて逃して、それを何度もくりかえしているときに、それが苦しいのだったら、そういうふうに苦しいときは、強い光をみるといいよといつだったかデパートの食料品売り場で彼が教えてくれたのを思いだす。換気扇のわきについた白熱灯をじっとみる。まぶしいには少し足らず、うまくゆきそう、うまくゆかない、それをまたくりかえして、息を入れたり抜いたりしている。呼吸は鼻のちいさな運動によりそって、それにあわせて舌もふくらむ。また夜。くしゃみが破裂するまえのかゆいような小さなゆれを、ちょっとずつ形を変えて逃さないようにしているのは、額に小さなボールを乗せて落とさないでいつまでそこにいられるか――ルールのよくわからない、けれどそれがうまくゆかなかったときには、何かとてもいやなことが、とりかえしのつかない何かひどいことが待ちうけているような遊びを誰かに見張られながらしているみたい。

結局。部屋にある電気をぜんぶつけて、その光をぜんぶみても、くしゃみは体のどこかへ消えてしまう。あるいは額と天井のあいだのどこかへ。あるいは。もしかしたら。彼はあのとき強い光って言ったんじゃなくて、太陽の光って言ったのかもしれなかった。だったら、それなら、この夜にはまるで関係がないことだと思う。わたしも、彼も。

訓練。玄関のドアが開く音がして、その音に部屋中の空気がひっぱられる。もしかしたら彼は二人で食べる何かお菓子のようなものを買いに行っていただけなのかもしれないけれど、でも、もどってきた彼の手には何もない。食べるお菓子、と頭の中で言ってみる。食べないお菓子というものがあるかぎり、頭の中でそう言ってみることはまるきりの無意味ではないような気がする。お菓子。あなた、お菓子を買いに行ったんじゃなかったの？　そう言ってさっき話の途中で断りもなく部屋を出て行ったことを引きずりだしてつめ寄って、低い声でなじることを想像してみる。ここからはもう何ひとつ逃がさないところを想像してみる。彼はその想像のまえを暗く横ぎって、服のまま、浴室へ入ってゆく。

内部。つけっぱなしの画面には懸命に色んなものが映しだされて、暗闇までもが光っている。どかどかしていて、何種類もの音が暴れて文字が流れて、飛んでくる。ソファのうえの洗濯物を崩してそこにお尻をつっこんで、テーブルの上に足をのせる。あごにできたふきでものをつぶさないように爪にひっかけながら、男や女の笑顔のいろいろを丁寧にみる。電話が鳴る。だけどその音はあまりにも小さくて、それを頼って探す気には全然ならない。シャワーの音。たったいま、彼に関係していて、そしてわたしも関係しているといえるかもしれない、唯一のもの。作った土砂降りのような音。わざとらしくどこまでも流れこんでくる。おなじ水でも、窓を打てば雨。じゃあ服をぬいだ体を濡らして、これまでの汚れを流そうとする水は？　ひとりだけ安全な場所に、ひとりきりの場所にこもることを可能にしてる浴室のドアなんかうっちゃって、いっそ何もかもが水浸しになればいいのにと思う。そうするために、完全に閉められたあのドアを、蹴って蹴って蹴り倒したいという苛立ちが喉のあたりでけばだつ。耳を閉じて、テレビの画面に集中しようとしても、床もテーブルもカーテンもこの部屋の何もかもはあまりに疲れすぎている。色んなものから、死んでしまうまでもう一歩も動きたくないとお願いされてしまう。靴下。蜂蜜。印刷された地図。双眼鏡。粒がらしの瓶。パスポート。ヤクルト。包装紙。ぜんぶが散らばり、転がっている。割れた卵は黄身が殻から逃れるように垂れさがってそのまま固まっている。投げられるものなら何でも投げたその結果。お尻の位置を動かして、テレビの中のどの瞬きも見逃さないように、くいいるようにみる。きらめくような音楽が鳴って、誰かが叫んで、どっと笑いがおこる。手を顔のまえで大げさに何度も叩いたり、おなかを折り曲げて、倒れこむようにして、みんなが笑っている。あんな風にして彼らはわれわれの代わりに笑ってくれて、われわれを笑いの義務から解放してくれてるんだからね。そんな文章か何かを読んだものだから、それからというものテレビをみるのが好きになる。テレビをみると、どんな夜も例外なくとても楽しい時間を過していうような気分になれてうれしい。抱きしめるどころか名を呼びあったことすらないものたちから贈られてくる贅沢な幇助《ほうじょ》。

冷蔵庫。彼が浴室から出てくるまえに、いちごを洗って、へたを取っておこうと思う。そしてさっと差しだす。きっとふたりともさっきとは比べものにならないくらいに落ち着いているはず。彼は洗いたての髪や胸をタオルで拭きながら、ちょっとばつが悪そうな顔をしてわたしがいるリビングにやってくるだろう。激しく争ったあとはいつもそうしてもとの温度にもどってゆくように。それで、やさしく冷えた頭にあいた口に、もっとよく冷えたいちごを流しこむ。そのつぎに、冷えた喉から出てくる言葉はふたりの生まれ変わりを助けるだろう。彼はいちごを食べるとき、いつもひとつずつ丁寧にスプーンでつぶしてから食べる。どろどろになったいちごがみえなくなるまで練乳をかける。練乳は柔らかくてすぐに流れ落ちてしまうから、いちごが隠れてるのはいつも一瞬しかないけれど、彼はチューブを根気よくしぼりつづけて、だからガラスの器の底にはいつだってたっぷりと白いたまりができてしまう。いちごが終わると彼はそれをすべて飲んでしまう。

見蕩《みと》れる。そんなことを思いながら、冷気の中からパックを取ってセロファンをはがして、むっつ取りだして少し迷って、もうひとつを取るときに、ひとさし指の腹にすっとしたものを感じて、ふたたび白熱灯の下で確認する。それはいちごの小さな棘。産毛のような、針のような棘が刺さっていて、指紋のみぞに影ができる角度に光をあてて、うんと目を近づけてみると、それは美しく、そびえたつ塔のようにみえる。何かがやわらかいところに儚《はかな》く刺さっているところをみるのがたまらなく好きで、それには思わず目を細めてしまう。最小と最少がおなじもの。爪でつまんで抜いてみると、けっこう深く刺さっていたのか、何にだってそれなりの痛みがあることに気がつく。まるでそこにも機能する根があったかのような。

却下。いちごを用意してあげたら、きっかけになるんじゃないかと思ってそうする。何事もなかったかのように、どうでもいいような話をまた始めることのできるようなきっかけ。そしてわたしがそう望んでいることを、その望みのためにいまこうしていることを悟っても、どうか知らないふりをして、どうか、どうでもいいように、いつもどおりにすべてを受けとってほしいと思う。そのために、わたしは何でもない話をしよう。わたしたちに関係のない話を。誰も傷つきようのない話を。ねえ。わたしたちのまえに住んでいた女の人あてに、子どもの字と子どもの絵で埋まったはがきがよく届くのよ。知ってた？

捨てられないのよ。こういう場合は差出人に伝えるべきか、郵便局に伝えるべきか、どちらがややこしくないと思う？　ねえ。このあいだ観にいった舞台なんだけど、最初から最後までが歌だった。ミュージカルだったのよ。わたし、謙遜したの。子どもなのに、謙遜したの。たくさんあった歌のなかでその歌詞のそこのところだけ覚えてるの。子どもなのに、謙遜したの。それから、全然だめだと思う。まったくなっていないと思う。生まれ変わるために用意したどっちの話にも、子どもが出てくるなんて。

復讐。彼が服をきちんと着こんで浴室から出てくる。額から汗がふきだしているのがここからでもはっきりわかる。ふけばいいのに。この部屋のどこもみないようにして、足元に転がった丸い整髪剤に気がついたけど、拾わない。汗でくっついたシャツをつまんで熱を逃がすような動きをする。脱げばいいのに。浴室からすっかり服を着てこられること。こちらを少しもみることもなく後ろを通り過ぎられること。いつもとおなじ流れの中に、いつもとは違うもの、もう違ってしまったものがはっきりとまぎれていて、それがいちばんに届くこと。彼の体のぜんぶとこれからを使ってわたしはすばらしく拒絶されているような気持ちになる。最大と最多が笑うもの。こんなあからさまなことをされている自分のことを思うと、わたしは裸を思いだす。かげり、たるみ、服を着ていてもみじめな裸。でも、こんなにあからさまなこ

いちご畑が永遠につづいてゆくのだから
とをするためには、たぶんもっと、きっとほかの理由が必要で、純粋な拒絶以外の、何かもっと具体的で、いやらしいものを彼は持っているに違いないと思ってしまう。具体的な何か。何かを終わりにするためにはいつだって必要な何か。これまでとこれまでを断ち切るために用意した、あるいは出会ってしまった、あたらしい、すてきなちからが。それを使っていつかの最後、彼はわたしと彼のあいだにあるものぜんぶを、きれいに叩きのめしてやりたいと思っているにちがいない。終わりにするとはそういうこと。終わりは終わりの顔をしてわたしたちを訪れるようなことはこれまでだってなかったし、これからだって決してない。何かとよく似た顔をしてやってきて、通りすぎたうんとあとにあれが最後だったと気づくだけ。

決定。自分でつぶす？　つぶして渡す？　右手にスプーンを、左手にいちごの入った器を持って、たずねてみる。彼はわたしをみずに、何も言わずに、器をとる。練乳もかけない。スプーンも使わない。指でつまんでつまらなそうに丸ごとを口に入れる。しっかりと噛んで飲みくだす。それをみながら、わたしは無視されたスプーンをひきだしにもどす。専用があるのに。ほら。ねえ、みてよ。彼はゆっくりとこちらをみて、それから、首をふる。専用というのはいちごをつぶす専用のスプーンのこと。いつだったかの休みの日、ふたりで散歩をしてみたとき、移動式の金物屋のはしっこのほうで、尖ったやつや、波打ったのや、いろいろな形のスプーンにまじって、いちごをつぶす専用スプーンが束になってあって、そこからひとつをお守りみたいに買ったもの。これ知ってる。今度のいちごのときのお楽しみ。丸い後頭部が突然に落とされていて、そこにいちごの絵が彫りこまれている。そう、誰にでもわかるように教えてあげます。いちごをここにあててつぶしなさい。

寝室。彼は黙って入っていってドアを閉める。さっきより部屋が狭くなったように思えるのは、ものが少しずつ膨らみはじめたような気がするから。気がするから。ものが膨らんでゆくから。そして、何なんだろうと思う。このみじめな塗装は何なのだろう。ものが膨らむわけがない。ものは膨らんだりしないのだ。わたしはどうしていつも自分で自分を置き去りにして、すぐにそれを迎えにゆくような恥かしい真似を飽きもせずにこうしてくりかえすことができるのだろう。

夜の底。ソファと自分のさかいめがわからなくなるほど座ったあとで、手も洗わないで、指でつまんでコンタクトレンズを外す。それから丸一日のあいだ何も食べていないのに気がついて、だからいちごを食べようと思う。横になって、おなかはべつにすいてはいなかったけれど、ひとりでいるのは限界だと思ったから。寝室のドアをあけて中に入る。つばを飲みこむ。暗闇がひろがり、ひとつだけうす暗く電気がついていて、そのせいでいろんなところに影が落ちている。いろんな影が落ちている。どれもさわれそうなほど、ありありと濃くなって、彼の顔が崖のようにみえる。布団をめくって音をたてないようにすべりこむ。近くでみても、彼は起きているのか眠っているのかわからない。頰のところ、目のしたあたりに、いま作られつつある濡れたようなかさぶたができていて、まわりがうっすらと腫れているのがわかる。わたしは裸足で頰に降りたち、彼の崖を登ってゆく。近づけば、何もかもがみえすぎるほどにくっきりとみえる。こうしていればわたしたち、何もかもがみえすぎるほどにくっきりみえる。こうしていればわたしたち、何もかもがうまくゆくのにと泣きそうになってしまう。どちらかが目を閉じていれば、みえないものは何もないようなそんな気持ちになってしまう。まぶたをみあげ、遥かにそびえる彼の崖をわたしは息を止めるようにして一歩一歩、登ってゆく。右手にはスプーンをつよくにぎって、左手で産毛をつかんで、わたしはそうやって彼の崖を登ってゆく。そして、やがて辿り着く頂上で、色を失くしたいちごをひとつ、みつけてしまう。いちごは毛穴をしゅうしゅうさせて、とても冷たい息を吐く。そこではとても、とても冷たい風が吹く。わたしは飛ばされないように身をかがめて、ちからをこめて、右手に持ったスプーンを思いきり彼の鼻に押しつける。起きあがって、両手でもって、のしかかるようにして何度でもわたしは押しつける。体のぜんぶで、いちごをつぶす。いちごをつぶして、いちごをつぶす。どこで間違えたんだろう。それとも、はじまってもいなかった？　それでも彼は、起きているのか眠っているのかわからない。

日曜日はどこへ

その小説家が亡くなったのを知ったのは、ベッドのなかだった。

とりとめのない暗さが充満しているだけの長い夢をみていたので、指も目も、なんだかどこにある誰のものなのかがいまいちはっきりしないまま、枕元にあったアイフォンを手にとって時間をたしかめて、小さな画面でニュースをぼんやりと眺めていたらトピックのいちばんうえに、その記事が載っていた。

小さな文字。小さな一行。そこに書かれていることの意味はわかるのだけれど、それでもやっぱりよくわからない感じがして、ふうん、と口に出して言ってみた。それから、死んじゃったんだ、とも言ってみた。わたしはとっさに誰かと話をしたい気持ちになったけれど、こういうときに誰に電話をかけてどんなふうに話をはじめればいいのかわからなかったから、そのまま黙ってその記事をぼんやりと見つめていた。

病気療養中だったことも知らなかった。葬式は近親者だけで済ませた云々。ものすごくたくさんの読者がいる小説家だったから、たぶん今ごろはあちこちで大騒ぎになっているんだろうな。そう思うと憂鬱《ゆううつ》だった。あと二時間で家を出なければならなかったけど、その日はなんだかバイトへ行ってレジを打って人とあれこれやりとりしたり、ダンボールを潰《つぶ》したり返品したり伝票を仕分けたりする日ではないような気がなんとなくしたので、急なことで申し訳ないけれど熱が下がらないので休ませてほしいという連絡を入れてから何を考えるでもなくそのままベッドでぼうっとしていた。気がつけば、それから五時間くらい眠っていた。

けっきょく夕方になってからベッドを出ることができて、何もすることがないので台所へ行ってお米を洗うことにして、さて夜をどうしたものかと考えた。

その小説家の書いた本をわたしはすべて持っていて、そしてそのすべてを読んでいて、もっと若いころとか、もう少し若かったころは、ほんとうに隅から隅までよく読んだものだった。というか、読書する日本のほとんどの人たちがそれぞれにとくべつな思い入れをもって読んでいるような作家だから、そのことじたいは何でもないことかもしれなかったけれど、それでも、やっぱりわたしはどこかがとても興奮していて、悲しいというのでもないし、悔しいというのでもないし、でも確実になにかがめりこんでいる感じがする。ショック、というのが近いのかな。ショックって日本語でなんていうの。衝撃？　ダメージ？　ダメージって日本語じゃないよな、とかそんなことを思いながらとぎ汁を流し、いまわたしが身を沈めているものにすでにある言葉を無理やりにくっつけるとしたら、それはおそらく不安、になるんじゃないかと思った。そしてその不安は、不安めいたなにかしらの渦中にいるせいで、いまがどうなっているのかが理解できていなくって、でも理解できていないそのことだけがはっきりとわかっていることの不安というか――つまり、自分であるかぎり、けっして晴れることのないもやもやの中でじっとうずくまっているような、考えてみれば子どものころからよく知っている気分の中にいるのだった。

炊飯器をセットして、ソファに座って本棚をちらっと眺めてみて、彼の本を手にとってみようとしたけれどそれはなんだか違う感じがしたので、紅茶を入れにまた台所へ入っていった。

ティーバッグは最後のひとつだった。マグカップに入れたお湯に薄い茶色と濃い茶色がまだらになって溶けだして、わたしの目はそれをぼんやりと眺めているのに、わたしの頭のなかの目は、彼の文章とか、表紙とか、それからやっぱり彼の本をはじめて読んだ十代のころの——これを何と呼べばいいのだろう？　匂いでもないし風景でもないし、制服でもないし会話でもないし、でもかつてたしかにそこにいて、そしてもう二度とはもどれない場所とそこに流れていた様々なものを見つめていて、散歩した道とか、はじめて彼の小説を教えてもらったときのこととか、何時間も何日も、彼の小説について話をしたこと、交換した手紙とか——ティーバッグをマグカップから引きあげて小さなお皿においたとき、わたしは雨宮くんのことを思いだした。

「面白いよ」

わたしたちは高校のクラスメイトだった。課外授業か何かで遠出した帰りの電車のなかでひとりだけ本を読んでいる雨宮くんが気になって、何を読んでいるの、それ面白いの、と聞いたら、目を少しだけあげて、あんまり面白くもなさそうな顔で、そう言った。

それがきっかけで、名前だけは知っていたけれど読んだことのなかったその小説家の本を貸してもらうようになって、わたしはすぐに夢中になり、それから雨宮くんとわたしは彼の小説やそのほかの小説や、それぞれが好きな音楽について色々な話をするようになった。わたしも雨宮くんも小説を読むのが子どものころから好きだった。けれどこれまでそれについて誰かとゆっくりと時間をかけて話をするというような経験がなかったし、そういうことを学校の誰かと話すなんてことは考えてもいなかった。
毎日会っているのに学校で話をするだけでは足りなくなり、電話をかけ、手紙を書いた。お互いがお互いにとってとくべつな存在になるにはそんなに時間はかからなかった。わたしたちは高校三年の終わりから付きあいはじめて、そして二十一歳の夏に別れてしまった。

いつだったか、雨宮くんと植物園を歩いていたときに（わたしたちはよく植物園を散歩した）、もしわたしたちがこのさきに別れるようなことがあっても、その小説家が死んだら必ず会うことにしようという約束をした。どこにいても？　そう。誰かほかにつきあっている人がいても？　そうだよ。じゃあ結婚していてもだね。そうだよ。いいよ、わかった。ねえ、おじいちゃんとかおばあちゃんとかになって死にかけていても？　そうだよ。場所は、いつもの植物園の入り口にした。有名な植物があるわけでも気の利いたつくりをしているわけでもなく――それどころか手入れが行き届いているなんて冗談でも言えない、いつ取り壊されても不思議じゃないほどにさびれた、それはそんな植物園だった。ただ山間の田舎町にあったせいか広さだけはじゅうぶんにあって、わたしたちはふたりでいること、そしてふたりで、ふたりにしかわからない話をすることに夢中だったから、何時間でも――本当に何時間だって、歩きつづけることができた。広大な敷地内にはちょっとした草原や小さな山もあり、そのささやかな頂上に登ってなだらかなふもとを見おろすと、深緑色の葉に覆われた蓮池がどくどくと広がっていた。いつ行ってもほとんど人はおらず、誰かとすれ違うことなんてめったになかった。名前を知らない木や、枯れかけた草だけの巨大な鉢植えなんかがごろりとならび、ときどきは色鮮やかな花びらにふれ、そしてひび割れたり茶色に曇ったりしている温室のガラスを見つめていると、わたしたちは誰もいなくなった世界に取り残された最後のふたりにでもなったような、そんなあまい気持ちになることもあった。植物のことなんて何もひとつも知らなかったけれど、まるでふたりのためだけに存在しているようなその植物園を、わたしたちはとても気に入っていたのだ。

今日は火曜日だった。今から十四年もまえに一度交わしたきりのそんな約束を雨宮くんは覚えているはずないと思ったけれど、でも雨宮くんがどこかで元気でいるなら今朝、彼が亡くなったことは必ず知っているはずだった。そしてもしその約束を思いだすことがあったなら、そうすれば——雨宮くんは、来ると思った。

ぬるくなった紅茶をひとくち含んで、それをゆっくり飲みくだして壁にかかったカレンダーを見た。あと四日。わたしは日曜日までの朝から夜を、これまで味わったことのないような気持ちで過ごすことになった。あいかわらず不安ではあるけれど、どこかなつかしくて明るい光が遠くのほうからすっと伸びてくるような。それと同時に、底のほうで何か暗い音が響いているのが聴こえるような。

そして日曜日の朝、そういう自分に少し呆れる気持ちと恥ずかしい気持ちがないでもなかったけれど、それでもいつもより念入りに化粧水をたたき、いつもより時間をかけて丁寧に眉を描き、それからめったにはかないけれどすごく気に入っているかたちのスカートを選び、電車に乗った。わたしは一度目の結婚で四国へ移り住み、五年前に離婚してからは京都の大学の事務職を見つけ（けっきょくそこも長くはつづかなかった）、すぐそこに山が迫る町に住んでいた。雨宮くんはまだあの町に住んでいるのだろうか。あのころ、京都にある大学へ通っていたから、もしかしたら。

目的の駅で降りたのはわたしひとりだけで（そもそも電車にもほとんど人はいなかった）、呼び出しボタンを押して呼べばあるいはどこかからやってくるのかもしれなかったけれど、改札には駅員さえいなかった。ひとけのないその静かで小さな駅を出て、わたしは植物園までの道を歩いた。

目に入ってくるもの、匂いとなってやってくるものの何もかもが、たまらなかった。今の自分がいつを生きている自分なのかが、足を一歩ふみだすたびに、ほどけてゆくのが見えるようだった。着ていたワンピースの模様。履いていた靴の硬さ。わざと機嫌を悪くして雨宮くんを困らせた理由。夏の熱さに乾いた土のうえに大きな木の葉がつくる、ひんやりした青い影。喉のかわき。歩きながら、色んなことを忘れたくないとつよく思ったときのこと。わたしは何もかもを思いだすことができた。最後にこの道を歩いたあのときから、今のこのときまでのけっして短くはない時間なんてまるでどこにもなかったかのように、わたしはいつものように、植物園までの道を歩いているのだった。雨宮くんが待っているあの植物園まで。雨宮くんは今日、もうこの道を歩いただろうか。それとも、これから歩くのだろうか。

別れた原因は、雨宮くんにべつに好きな女の人ができたからだった。

出会ってしまったんだと、雨宮くんは申し訳ないと頭をさげてわたしに謝った。どうしようもないと何度も謝った。わたしたちは世界中に無数にいる恋人たちのなかでも、もしかしたら最後まで一緒にいることができるふたりじゃないか――そんなことはあの年齢だったら誰でも思うことなんだろうけれど、それでもわたしは本当にそう思っていたので、雨宮くんが誰かべつの人のことを好きになるなんて想像もしていなかったし、それをほかの誰でもない雨宮くんの口から聞いてもなお、信じることができなかった。出会ってしまったって、どういうこと。あなたはわたしに出会ったんじゃなかったの。雨宮くんは答えることができなかった。黙っている雨宮くんを見つめていると、なんだか自分が誰かのよくある別れ話の中にでもいるような感覚がしはじめて、そこから何も話せなくなった。でもそれはぜんぶ現実に起こった本当のことで、雨宮くんがどうしようもないと言ったように、わたしもわたし自身をどうすることもできなかった。そのあと何年も、本当に何年もつらい思いを引きずった。

そんなことがあったのに——そんなことがあったけど、と思うべきなのかな、今日、雨宮くんと会って、それで？　もちろん、わたしはもう雨宮くんにとくべつな感情をもってはいないはずだった。ぜんぶ昔のことなのだから。ただ、思いだせば少しだけ胸が痛いような気がするけれど、それは人生のある時期の色あいを思い起こせば必ずやってくる痛みでもあるはずだから、それはもう雨宮くんにはきっと関係のないことなのだ。わたしは深呼吸し、こう思った。何年も時間がたって、色々なことがあって、こんなふうに会えるのは、なんというか、うれしいことなのじゃないのか。お互いが元気で、お茶をして、笑って他愛のない話ができれば、それはとてもいいことなのじゃないか。わたしは大きな息をひとつ吐いた。

二時を十分過ぎても、二十五分過ぎても、何も起こらなかった。わたしは錆びた門の前に立って、自分が誰にも見つけてもらえない人間であることを、わたしに会いたいと思う人間なんてひとりもいないのだということを打ち消すように、アイフォンをさわってどうでもいいような記事を読みつづけた。リンクからリンクへ飛び、そこに映されるどうでもいい文章をただ目に入れてスクロールしつづけた。そしてだんだん何をしているのかわからなくなった。顔をあげると、放置されて傷んだ自転車のわきを、猫がゆっくりと横切ってゆくのが見えた。ふいにどうしようもない淋しさがこみあげてきた。それはこれまで感じたことのある淋しさのいろんな部分が都合よく混ぜあわさった淋しさで、何がそんなに淋しいのか、自分でもよくわからなかった。わたしは何歳になっても、わからないことばっかりだ。それで、わからないことに安心しているのだ。そして、わからないと言いながら、ただこんなふうに淋しくなることだけがいつまでもできて、こんなことをただくりかえして、それで年をとっていつまでもこんなふうにひとりきりでおんなじ場所に立ち尽くしたまま、そうやって、わたしはいつまでだって、そうやってゆくのだ。うつむいて、自分のつまさきを見た。足を動かすと、ヒールの塗りがはげているのが見えた。はっきりとわかるはげかただった。家をでたときはちゃんとしていたのに。気がつけばわたしはそこに二時間も立っていた。あと五分したら、帰ろうと思った。

帰りの電車は空いていて、わたしは端っこの席にもたれかかるように座って、ぼんやりと窓の外を眺めていた。いくつめかの駅で、リュックを背負った男の人が入ってきた。頭の高さを超えるほど大きなリュックだった。登山靴みたいなごつごつとした茶色のブーツの音が車内に響き、男性はわたしの隣に腰をおろした。それからズボンのポケットから文庫本を取りだして前かがみになって読みはじめた。ちらりと目をやると、それはあの小説家の小説だった。何度もくりかえし読んだために変色してカバーも破れかけているその文庫本をしっかりとつかんで読み、ひとしきりそうしたあと、顔をあげてため息をついた。そのときに目があった。わたしをちょっと見てから、残念ですね、と男性は言って文庫本の表紙をこちらに向けてみせた。わたしは電車の中で声をかけられたことにとても驚いたけれど、そうですね、と返事した。もっと、書いてほしかったです、と気がつけば言葉をつづけていた。そうですね、と男性はうっすらと笑みをうかべて文庫本に目を落とした。でも、すごくたくさん残してくれましたからねえ。もうじゅうぶん、って気もしなくもないんですよ、と言って男性は笑った。だって、小説の数すごいですよ。それに、残ったものは、残った人間が、ずっと読みつづけることができますよ。たくさん残してくれましたね、やっぱり。

それから男性は黙りこみ、読書のつづきにもどっていった。そのまま数十分が過ぎて、わたしが降りるみっつ手前の駅が近づくと立ちあがり、手をあげてみせた。わたしも少し手をあげた。ドアが音を立てて閉まって電車が動きだすと、男性はふりかえることもなくあっというまに消え去ってしまった。

電車はいつもとおなじ景色のなかをおなじ速度でわたしをいつもとおなじ場所へむかって運んでいたけれど、まるで今じゃないどこかを走っているような、そんな気持ちがした。あとみっつ、あとみっつ、と頭のなかでくりかえしながら、わたしは急にやってきた眠気をこらえきれなくなって目を閉じていた。この眠気はこのまま眠ってしまう眠気だと思いながら、わたしは目を開けることができなかった。このまま眠り込んでしまってつぎに目が覚めたとき、わたしはどこにいるんだろう。どこかまったくべつの場所で目覚めるということはないのだろうか。そんなことを思ってはみても、もちろんわたしがつぎに目を覚ますのは自分の家があるあのいつもの駅に着いたときで、そこからわたしはいつもの道を歩いてアパートまで辿りついて鍵穴に鍵をさしこんでまわし、あのいつもの部屋へ帰ってゆくのだ。どこか知らない場所へなんて。誰も知らない場所なんて。どうやったって辿りつけるわけがなく、そんな場所はこの世界のどこにもありはしないのだ。

三月の毛糸

「明日からまたおんなじ毎日がはじまるなんてうんざり」

彼女はにぎった手でふくらはぎをほとんど殴るようにして叩きながら、本当にうんざりだというような声で言った。

「こういうことをくりかえして、知らないあいだに人生が閉じてゆくのよ。楽しいときは短い。しんどい時間はうんと長い。まるでそのあいだに申しわけ程度に人生があるみたい」彼女はふくらはぎを打つ低い音をさらに大きく響かせながらため息をついた。

「見て、このむくみ。自分の足じゃないみたい」

京都に着いたのは午後一時を少し過ぎたあたりだった。

けっきょく彼女は里帰りをせずに出産することに決めたので、問題なく動けるあいだに両親に顔を見せておこうと実家のある島根へでかけた、その帰りだった。

生まれたらしばらく旅行なんてできなくなるし、帰りにどこかへ寄っていこうよと実家を出る二日前の夜に彼女がとつぜん言いだした。しかし僕たちはこれまでほとんど旅行というものをしたことがなく、こんなふうな思いつきでつぎの目的地を決め、予約をし、なんの目的もなく滞在することは、想像するだけで少しの緊張を連れてきた。だから、いいよと返事をしたものの、つぎの言葉がつづかなかった。しばらくたっても具体的な提案ができない僕を見て、彼女は気が進まないなら言ってよと短いため息をついた。大きな荷物をいくつか持ち、妊娠八ヵ月の妻を連れ、僕たちの暮らす千キロ以上も離れた仙台に帰ることだけでもちょっとした覚悟のようなものを必要とするのに、正直に言って予定にもない観光をつけたす気持ちにはなれなかったけれど、それは言わないでおいた。彼女は僕の顔をちらりと見てから、こんなことは何もたいしたことではなく、わたしにとってはふだんどおりのことをやっているだけだと言わんばかりの表情で――つまり、気ままに旅したりあてもなくどこかへふらりと出かけたりすることに本当は慣れているのだというような態度で携帯電話を操作し、観光地やホテルを検索して、京都でいいんじゃない、今なら季節もいいし、と言った。

チェックインの時間には早かったので、僕らはフロントに荷物を預けて身軽になってから清水の舞台へ行くことにした。

巨大な駅の中にあるそのホテルからいちばん賑やかな名所がそこだというだけで勧められ、それがとくべつに観たかったわけでも興味があったわけでもなんでもなかったけれど、出かけてみることにした。

ロータリーに際限なくなだれこんでくるバスの中から行き先を注意深

くチェックして、十分くらい並んでから乗りこむことができた。平日だというのに駅前も車中も観光客や若いカップルたちであふれ、大きな体をした白人女性が彼女のお腹に気がついて席を譲ってくれた。その笑顔は僕に国、という字を思い起こさせた。

「これ、角度が急すぎるわ。とても無理」

数十分を走りつづけ、バスが停留所に止まり、人の流れのあとを追うようにしてずいぶん長い時間を歩いてようやく清水の舞台への大きな階段を見あげたときに、彼女がやっぱりやめておくと言った。

「体調がよくない？」

「そうじゃないけど。無理でしょ、これを上がってゆくの。そのへんでお茶飲んで帰りましょう」

僕はわかったと返事をして、ひしめきあう土産物屋のなかに適当な喫茶店を探してそこで休むことにした。

「なぜそういつも眠いの。ちゃんと眠ってるのに」

注文した飲みものがくるまでのあいだ、腕を組んで目を閉じていた僕にむかって彼女は不満そうに言った。眠いのに理由なんかないだろうと僕は言いたかったけれど、僕が何か言うのを待ち受けているような彼女の目を見ていると、言葉はいつも喉のあたりで消えてしまうのだった。わからないんだよ、睡眠が浅いんじゃないかなと答えた。

「最近、ずっとそうだよね。前はそんなことなかったのに。なんでそんな眠い人になっちゃったの？」

「わからないんだよ。うまく眠れていないのかも」

「でもさ」と彼女はため息をつきながら言った。「子どもが生まれたら、そんなこと言ってられないよね。夜中に何回起きるか、きいたよね？　わたしの睡眠時間なんて二時間とかになるし、夜泣きもするし、今の暮らしなんて天国みたいなものなのよ」

「そうだよね」と僕は肯いた。僕の頼んだアイスコーヒーと彼女が注文したレモンティーが運ばれてきて、ふたりともしばらく黙ったままそれを飲んだ。

「問題は」としばらくしてから彼女が言った。「なぜ、いつも、しんどさは楽しさをうわまわるのかってことなのよね」

さっきの話のつづきだけど、とでもいうように彼女が話をつづけようとしたので、何のことを言ってるのかはわからなかったけど僕は適当なあいづちを打ち、アイスティーの入ったグラスに反射する細切れの光をぼんやりと眺めていた。

「しんどい時間というのは、どうして、楽しかった時間のあとにやってくる仕組みになっているのかしら？」

「交互にやってくるのが問題なの？」

「そうじゃなくて、楽しいことのあとには、必ずしんどいことがあるでしょう？　わたしはそれを憂いているのよ」

「順序の問題？」

「そうじゃなくて、量の問題」

受け応えをしながらも、彼女が僕にむかって何の話をし、自分がそれについてどんな言葉を口にしているのか、いまいち理解することができなかった。目の奥からこみあげてくる眠気をごまかすために僕はアイスコーヒーをストローで勢いよく吸いあげ、音をたてながらぐるぐるとかきまわしていると、グラスの中には小さな渦ができた。

「あるいは――なんであれ、おなじ状態が長くはつづかないってことへの、あきらめなのかも」

僕はあいまいな声を出して肯き、残りのアイスコーヒーを飲みほした。

彼女が妊娠してしばらく経ち、お腹が目立つようになるころから僕はなぜか睡魔に襲われるようになった。額の裏に濃い霧のような眠気がたちこめて、それまでそこに見えていたもの——今月のカードの支払い金額や、採点の残りや、つめ物がとれたままになっている左の奥歯のことや、そういったものにすっぽりと分厚い蓋を降ろしてしまう。そうなるとまぶたが一秒ごとに重くなって、そのまま目をあけていることができなくなる。手のひらから順番に熱が広がって体がしだいに熱くなり、空を覆うことができるくらいの巨大なカーテンを誰かがこちらにむかってゆっくりと引いているのが見えてくる。コーヒーを飲んでも効かないし、トイレに行って顔を洗ってみても変わらないし、時間を見つけて昼寝をはさんでみても無駄だった。職場でもぼんやりとしていることが多くなったので、あるとき見かねた同僚が話しかけてきた。けっこう眠ってるんだけど、眠いんだよ。ナルコレプシーかな。冗談交じりにそう言った僕を見ながら彼は、そういうのは寝ても治んないよ、たぶん、と言って、にやにやと笑ってみせた。何が言いたいのかわからなかったけれど、たしかにそれは眠ることで解消できるような眠さではないような気がした。それはこれまで僕が慣れ親しんだふだんの眠りとはまったく関係のないべつのところからやってきて、まったくべつのものを求めているような、それはそんな眠さだった。

案内された部屋は、かなり上の階の、人きくもなく小さくもない部屋だった。これであの値段だったら安いかもねと言って部屋を見まわしながら彼女は満足そうな顔を見せた。

「もう足が張って動けないわ。見てよこれ」

スーツケースを解かずにそのままクロゼットに入れて扉を閉め、僕らは靴を脱いでスリッパに履き替えた。ベッドに横になって膝を折りまげ、何かの儀式みたいにいつものようにふくらはぎを激しく叩き終わった彼女は、ソファに移動して、テーブルのうえできちんと畳まれていた新聞を手にとって広げた。僕の耳の奥には彼女のふくらはぎを叩く、あの鈍い音がまだ響いていた。どんどんでもなく、だんだんでもない、僕が発音できる言葉のどれにもあてはまらないそれは、淡いのか濃いのかもわからない、ただそこにまるく存在しているだけの暗闇を思い起こさせた。それから、触ってみてよ、と言われて伸ばした手のひらにずっと残っている、彼女のあの大きく大きく膨らんだお腹の何にも似ていない硬さを思いだしていた。

「パンダがくるんだって」面白くもなさそうに彼女が言った。

「こないだテレビで言ってたね」

「新聞でも言ってるわよ」

彼女はゆっくりとベッドに移動して、背もたれに積まれたクッションに身を沈め、携帯電話でメールのチェックをしているみたいだった。

「パンダって見てるといらいらする。笹を食べてるの見てるだけで、いらいらする」

「どうして」

「食道に突き刺さってる感じがするからよ」と彼女は言った。

「君の喉じゃないのに」と僕は言った。

「自分の喉でなくちゃいらいらしちゃいけないってことはないでしょう」

僕は冷蔵庫から水を取りだして、グラスに注いで飲んだ。テレビの画面には、ようこそ、という文字が映しだされ、それからありきたりなウェルカムメッセージとともに僕の名前が浮かびあがってきた。しばらくそれらの文字を見るともなく眺めていると、画面はマッサージ・サービスの案内に移り、お勧めのレストランの料理の画像へ移り、無言のそれが何度でもくりかえされるのだった。

「東京にはいつもどれるの」

しばらくして彼女が言った。僕はため息をついて彼女を見た。これまで幾度となくくりかえされてきた話だった。彼女は携帯電話に目をやったまま、僕のため息をなかったことにするようなもっと大きな息を吐いてから、話をつづけた。

「今回は期限つきじゃないと、さすがに無理かも。半年住んでみてあの場所の限界が見えたわ」

「希望は出してるんだよ」と僕は言った。

「でもなにしろ数が少ないし、君も知ってると思うけど、今の学校だってやっとのことで漕ぎ着けたところだからね」

「東京で枠を見つけられる人とそうでない人の差は何なの？　何年

も何年も、希望が聞き届けられないままの人と、そうでない人の差は？」と彼女がきいた。「運なの？」

「そうだね」と僕は答えた。

「タイミングだよ」

彼女はほら穴でも見つめるような顔をして僕をひとしきり眺め、それから携帯電話をサイドテーブルに置いて小さく首をふって笑ってみせた。そして見せつけるようにゆっくりとベッドから降り、腰をさすり、それから剝ぐようにしてベッドカバーをめくりあげて、シーツをひっぱり、そこに体を入れて再びベッドに横になった。短く何かをぼそぼそとつぶやいている声がしたけれど、僕の耳には何を話しているのかは聞こえなかった。

目が覚めたのは夕方の五時だった。

僕はソファに座ったまま眠りこんでいたようだった。目覚めた瞬間、自分がどこにいるのかがわからなくなったけれど、何度か瞬きをするうちに感覚がもどってきた。昼間にかいた汗が知らないあいだに冷えだしていたようで、頭を動かすと目の奥にかすかな痛みを感じた。

薄暗い部屋の真ん中にあるベッドが薄闇の中でぼんやりと白く浮かびあがっていた。シーツにくるまって横になっている彼女をしばらく見ていたけれど、それはまるで置物みたいに動かなかった。表面によった皺や陰りに膨らんだそのかたまりは、見れば見るほどそれは人の輪郭をかたちどったものではなく、その膨らみの下には、本当はなにもないんじゃないかというようなそんな気持ちがしてくるのだった。あの白く盛りあがった膨らみの中にあるのは何でもないただの暗さなんじゃないかと思えてくるのだった。拳で突けば簡単に沈んでしまう、あれはただの空洞なのじゃないか。

僕は立ちあがって窓のそばへ行き、カーテンをひいて、窓の向こうに広がる街並を眺めた。ビルや車の流れや空や何もかもが、夜に塗りかえられる直前の薄暮に沈んでゆく最中だった。

僕はテーブルの上に置かれたルームサービスのメニューを手にとって、ぱらぱらとめくってみた。昼食を済ませてから六時間以上が過ぎていて、空腹を感じてはいたけれど、どの写真を見ても不思議と何も食べる気がしなかった。僕はふたたびソファにもたれて腕を組み、それからまた立ちあがって今度は窓枠に腰かけ、色々な物の境目が数秒ごとにあいまいになってゆく夕暮れの街の色を見おろしていた。空調の音が静かに響いていた。その少しあとで彼女の携帯電話のメール受信を知らせるベルの音が一度だけ鳴った。そしてそのあとにはもう何の音もしなくなった。

どれくらいの時間そうしていたのかわからないけれど、ふと気配がしたのでふりむくと、横になったままの姿勢で彼女が僕を見ていた。体はシーツにくるまれたままで、顔だけがこちらへ向けられていた。

薄闇の中ではっきりと開かれたふたつの目は、僕の目をまっすぐに見ていた。そのまましばらく目があっていたのに、彼女が目を覚まして僕のことを見ているのだということが理解できるまでに、しばらくの時間がかかった。

「夢ばっかりみてたの」

ずいぶん時間がたったあとで、彼女は独りごとみたいに言った。

「いろんな夢」

やけにはっきりとした口調であるにもかかわらず、彼女は自分が目を覚ましたことにまだ気がついていないような雰囲気だった。目ははっきりと見開かれているのに肝心のどこかがぼんやりと濁っていて、そのほかの部分はぴくりとも動かず、僕をただじっと見つめているのだった。

「子どもを生む夢よ」

「うん」僕は肯いた。

「子どもが生まれる夢だったの。毛糸で生まれてくるのよ」と彼女は言った。

「毛糸？」と僕はききかえした。

「そうよ」と彼女は静かに言った。

「その世界は、何もかもが毛糸でできているの。水も、人も、線路も、海も、何もかもが毛糸で、できあがってるのよ。地面も、コップも、お洋服も、手帳も、とてもやわらかくて、丈夫な糸で編みあがっているの。毛糸でできあがっているの。何もかもが」

僕は黙ったまま彼女を見ていた。

さっきよりも暗くなった部屋に、まるで特殊な光をあてられでもしたみたいに彼女の顔のところどころに奇妙な色が落ちているのに気がついた。まだらな模様をつくるそれは薄い紫にも見えたし、どうじに薄い緑にも見えるようなそんな色だった。この光はどこからやってくるのだろう。何かが反射しているのだろうか。僕は目で部屋を見まわしてみたけれど、それがどこからやってくる光なのかはわからなかった。

「いやなことがあったり、危険なことが起きたら一瞬でほどけて、ただの毛糸になってその時間をやりすごすのよ」

「うん」

「なにしろ、毛糸だから。ときにはセーターになって、手袋になって、そんなふうにして自分の身を守るのよ。なにか恐ろしいことがやってきても、みんなそうやってやり過ごすのよ」

「赤ん坊も毛糸なんだね」

「そうよ。毛糸のまま生まれてくるのよ。毛糸がまっすぐにするするのびて、完全に外に出てから赤ん坊の形に編みあがって、わたしは毛糸の赤ん坊の母親になったの。あなたは、毛糸の父親」

そう言うと彼女はそのまま黙りこんだ。ひとしきりの沈黙のあとに、さっき携帯電話が鳴ってたよと言ってみた。けれど彼女はそれには答えないままだった。

「そこでは三月ですら、毛糸なの」しばらくして彼女が言った。

「三月？」と僕はききかえした。

「そう。三月が」

「三月が毛糸って？」

「毛糸なのよ」と彼女は言った。

「その世界では、三月までもが毛糸でできあがっているのよ」

「よくわからないな」と僕はしばらくあいだをおいてから言った。

「なにがわからないの」

「本とか、鞄が毛糸でできてるっていうんならわかるけど、三月は物じゃないだろう。三月は時間をそう呼んでいるだけのもので、区切りが毛糸でできあがってるって、どういうことなの」

彼女は何を言っているのかさっぱり理解できないというような目で

僕を見た。

「だから、その世界では三月までもが毛糸でできあがっているって言ってるのよ」

「三月が毛糸ってどういうことだよ」と僕は言った。

「だから、三月が毛糸でできあがってるって、そう言ってるのよ」

僕たちはそのまましばらく黙りこんで、お互いになにも話さなかった。

ふたりがじっと黙りこんでいるあいだ、時計の音も、空調の音も、何の音もしなかった。悪い兆候だった。こんなふうに黙りこんでしまう場合には、僕のほうからできるだけはやく話題を変えてしまう必要があった。なにかべつの具体的な話題を投げてなにか具体的な反応をひきださないとまたいつものくりかえしになってしまう。うんざりだった。くりかえせばくりかえすだけ、どんどん悪くなってゆく。それは確実に摩耗してゆくやりとりのはじまりを告げる沈黙だった。

僕はため息をついてグラスに入った水を飲み干し、清水寺の近くで見た外国人の着ていたシャツについての話を切りだそうとしたときに、彼女の携帯電話が鳴った。彼女はゆっくりと身を起こして鞄に手を伸ばしたけれどそれはすぐに切れてしまった。着信画面を見て、知らない番号からだと言った。すぐにかけ直してみたけれどつながらなかった。呼び出し音も鳴らないし、何度かけてみても通じないと言って僕を見た。

「メールが来てた。小野ちんからだった。地震、だいじょうぶかって」

「地震？」

「そう書いてる」彼女は携帯電話の画面を見ながら答えた。

「地震があったの？」

「わからないけど、そうみたい」

「さっきの電話は彼女の？」

「違うと思う。知らない番号だし。誰なんだろう、気になる」

「高層階は電波が通じにくいんだよ。またあとでかけてみれば」

彼女は少し考えてみたあとにそうすると言って、またベッドのシーツに体をくるんで動かなくなった。

「お腹は減らない？」僕はきいてみた。彼女はそれには答えなかった。何でもあるし、体調がすぐれないんだったらルームサービスをとるという手もあるよと僕は言ってみた。ブイヤベースもメニューにあったよ。しかし彼女はそれにも答えなかった。僕はあきらめてソファに座り、腕を組んで目を閉じた。

しばらくすると、彼女の泣いている声が聞こえてきた。僕は胸の中でため息をつき、ベッドのへりに腰をおろした。空はさっきよりもずいぶんと暗くなり、西の空の奥にオレンジ色の夕日のきれはしがいくつもたなびいているのが見えた。彼女は僕に背をむけて、しばらく泣きつづけた。鼻をすすりあげる音が聞こえ、僕はサイドテーブルの上にあったティッシュケースから数枚抜きとって、いつものようにそれを手にしたまま、彼女が顔をこちらに向けるのを待った。

「さっき、血を流している人がいたでしょう、駅で」としばらくしてから彼女がかすれた声で言った。部屋はすっかり暗く沈んでいたけれど、鼻の下と口のまわりが鼻水でべっとりと濡れているのがわかった。

「いたね」と僕は肯きながら、ティッシュで彼女の鼻のまわりをぬぐった。

「階段のところで。きっと誰かに殴られたんだと思うの。あんなにたくさん血が出て、うずくまって。もうおじいさんだったのに」

「うん」

「何があったのかはわからなかったけど、家もないような人をよ、誰かが階段で殴ったのよ。殴っても殴らないでもいいような無力な人を、誰かが思いきり殴って、それであんなに血が出たのよ」

「でも、転んだだけかもしれないよ」僕は試しに言ってみたけど、彼女は首を何度かふって、ため息をついた。

「ああいう場面に遭遇するたびに、わたしは本当におそろしい気持ちになるのよ。人間が、もうどうしようもないものに思えるのよ。誰がっていうんじゃなくて、人間が、もうどうしようもないものに思えるの。そしてこの世界が本当に、もうどうにも救いようのない場所だっていうふうに思えてしかたがなくなるの。あのおじいさんも、それから殴ったやつも、いつか誰かから生まれてきて、それで、誰かが望んでも望まなくても、いつかあんなふうになってしまうのよ。ただ生きてるだけで、何かの加減で、ああいうことに巻き込まれてしまうのよ。毎日毎日、あんなふうにして必ずどこかで血が流れつづけているのよ。わたしたちの身にまだ何も起きていないのは、ただ順番がまわってきていないだけなのよ。今日わたしたちがあんなふうに血を流さずにすんでここでこうしていられるのは、まだその順番がきていないだけのことかもしれないのよ。わたしたちは、ただ、運がいいだけなのかもしれないのよ」

僕は涙と鼻水で湿りきったティッシュのかたまりを受けとって屑籠にいれ、新しいティッシュを何枚か重ねて彼女に手渡した。

「世界ではもっと最悪なことが起こりうるのよ。想像もできないくらい、ひどいことが起こりうるのよ。こんなところに生まれてくることは——それでも、素晴らしいことなの？　生まれてこなければ、最初からなにもないのに、こんなところにわたしは、これから」

「落ちついて」

「ねえ、わたしたち、とてもおそろしいことをしようとしているのじゃないかしら。何かとてもおそろしいことを、これまでわたしたちが思いもしなかった、何かおそろしいことをわたしたちはやろうとしているんじゃないのかしら。とりかえしのつかないことを。とてもおそろしいことをよ。そして、何かとんでもないことがわたしたちを待ち受けているんじゃないのかしら。もう後もどりすることもできない、なにか大変なことを、わたしはこれからやろうとしているんじゃないのかしら」

そう言うと彼女は両手で顔を覆い、体を震わせて泣いた。僕はベッドに入って彼女の隣に並んで肩を抱き、だいじょうぶだよと言った。

「悪いことばかりじゃないよ。おなじくらい、いいことだって起きてる。たしかに誰かに殴られて血を流している人はいるだろうし、そういうことはなくなることはないだろうけど、でも、血を流していない人もいるんだよ」

彼女はティッシュで目を押さえながら僕の声に耳を傾けていた。

「それに、ほんとうに転んだだけなのかもしれないじゃないか」

「どうしてあなたはそんな前向きに考えられるの」

「前向きなんじゃなくて、曖昧なだけなんだよ」と僕は言った。

「君みたいに、あまり極端な感じかたをしないというだけのことなんだ。自分の身に起こることや、自分がしようとしていることを、つきつめて考えようと思わないんだよ」

「それは、最初からそうなの」

「そうだよ。悪いも良いもないと思ってるから、楽なんだよ」

彼女は大きな音をたてて鼻をかみ、それから長いあいだ両手の甲をつかって目をこすっていた。そして仰向けになって、せりあがったお腹に両手を載せ、静かに呼吸を整えながらしばらく天井を眺めていた。

「わたし、さっきあの町がきついって言ったけど、でもあそこ、こないだでかけたあそこは好きなの。三陸の、何の船だったっけ、いっぱい海にきらきら散らばってたやつ」

「ほたるいかの船」

「旗の色がきれいだった」

「そうだね」

「あそこは、また行きたい」

「近いし、帰ったらまたすぐ行けるよ」

彼女は何度か肯いてみせ、僕の胸に頭をのせてそのままじっと動かなかった。そして何かを思いだしたみたいに、眠いな、とつぶやいた。あなたのが、うつったみたい。ゆっくり眠るといいよと僕は言った。おなかが減ってないんなら今日はこのまま眠って、明日の朝、何かおいしいものをたくさん食べよう、と言った。

「そうだね。そうする」

「おやすみ。明日は大変な一日だよ。眠れるうちに、ぐっすり眠っておいたほうがいいからね」

部屋には夜が満ちようとしていた。すべての輪郭を溶かしこんだ暖かな闇につつまれた僕たちは、まるでどこにも辿りつくあてのない漂流者のように、指先をにぎりあっていた。眠ってしまった彼女の大きく膨らんだお腹は、よく見るとベッドから数センチ浮かびあがって、水のうえのボールのようにぐらぐらとゆれているのだった。そのへそのあたりから飛びだしているのは一本の毛糸で、それがまるで意志をもった生き物のようにするすると上昇し、へそのまわりからどんどんほどけはじめているのが見えた。僕は眠りに溶けそうになりながらそれを眺めていた。彼女のお腹はゆれつづけ、眠りとそれ以外のさかいめがあやふやになってしまったこの部屋の、カーテンも壁も、それからクロゼットの扉もテレビの画面も、気がつけば何もかもが呼吸する海の肌のように波うっているのだった。世界中に存在している数えきれない眠りがいつのまにかひっそりとここへやってきて、それぞれにゆるやかな渦を巻いてそっとぶつかり、やがて巨大なうねりとなって、僕らを部屋ごと見知らぬどこかへ押し流そうとしていた。僕はベッドのふちをしっかりとつかみ、身を乗りだして、その渦の中心に何があるのかを、それがどこにつづいているのかを確かめなければならないと思うのだけれど、まぶたはあまりに重く、ほどけてゆく両手はあまりに弱かった。どこかでベルが鳴っていた。誰かをひきとめる声のように、何かを静かに責めるように、ベルはいつまでも鳴りつづけていた。彼女はもうどれくらいほどけてしまっただろう。ふたりはどれくらい、ここに残っているだろう。僕はかぞえることをやめ、今度こそ本当の眠りの底へ沈んでゆくために目を閉じた。

お花畑自身

悪魔がきたかと思いました、と声がしました。

あれはいつのことでしょう？　正しい日づけまではわからないけど、並木道のはしっこに中途半端に積もった銀杏《いちょう》の葉がさっき塗られたみたいに真黄色で、それをみてベッドの中の夜の手足の冷たさを思いだして憂鬱になったことをどういうわけか覚えていますから、あれはたしか、いつかの暮れのことだと思います。そうです、襟なしの、買ったばかりのカシミアのコートをはおって家を出て、三越で待ちあわせした近藤さんに胡散《うさん》臭い雑居ビルに連れてゆかれて、その一階の突きあたりにある部屋のドアを開けたときに突然、そう言われたのでした。

あれはまだ、ぜんぶがうまくいっているように――わたしにも夫にも、それからわたしたち夫婦が関係するすべての人々にだっておそらくそうみえていたはずの頃のことで、五十半ばを過ぎたわたしとそれより少しうえの夫が将来、なんて言葉をふだんから躊躇なく使ってあれこれと計画を立てたりするぐらいには生活はうまくいっていましたし、とにかく、それから三年も経たないうちに何もかもがこんなにも変わり果ててすべてを失ってしまうことになるなんて、夢にも思わなかった頃のことです。

芳香剤なのかそれらしいお香でも焚いているのか、ドアの入り口に立っただけで眉間に筋の入るようなよくわからないにおいのたちこめた部屋の奥に座って、頬紅を不自然なくらいに濃く塗った先生と呼ばれる女が、わたしをまっすぐにみてそう言ったのです。彼女に用があるのは近藤さんでわたしはただ彼女のうしろに立っていただけだったのに、その女は少しの迷いもなく、まるで近藤さんなんてみえてもいないような目つきでそう言ったのです。

いきなり悪魔だなんて失礼だわ。あなたみたいなおとなしい人をつかまえて。

一時間と少しあと、いわゆる鑑定というものを終えてからビルを出て、しばらく歩いてから入った喫茶店で、近藤さんが本当に申し訳なかったわ、という顔をして謝りました。

彼女は動物病院の待合で何度か一緒になるうちに顔見知りになって、それからときどきだけど電話をしたり、たまにお茶を飲んだりするぐらいの付きあいをするようになった友人と言えるような言えないような、そんな関係の人でした。彼女の夫は中堅の製薬会社の役職に就いていて、子どもはおらず、これからもこれまでも時間とお金はまあ不自由なくあるという、この辺のわたしたちくらいの年齢の家庭には珍しくもないほとんど典型的な主婦で、夫がいちおうの経営者であるわたしを――とくべつ大きな会社というわけではないにせよ、ときどき羨んでみせました。雇われはやっぱり雇われでしかないものね、というのが本心かどうかはわからないけれど、とりあえずの彼女の口癖でした。おもに戸建て住宅や中型マンションを扱う夫のその建設会社には本当は立ち上げから一緒の共同経営者がいたけれど、それはべつに言わないでおきました。

そんなふうに時々顔をあわせるようになってからしばらくして彼女の飼っていた犬が老衰で死に、わたしの犬がその半年後におなじ理由で死んでからはなんとなく連絡をとることもなくなりましたけれど、占いとか霊視とか、そういうのが好きな彼女の友人たちのあいだで当時うわさになっていた先生の予約がとれたからついてきてほしいと頼まれて、それでついていったのです。

気にしないで。

わたしが笑ってみせると、近藤さんは苦笑いをして唇を前につきだし、大げさに肩をすくめてみせました。可愛らしくみえると思っているのでしょうか、いつものお気に入りのあの仕草をしたつもりのはずなのに、窓に背をむけて逆光を浴びているせいで目の下にはあざみたいな影がくっきりと入って、頬骨からあごにかけての肉はもう何年も放ったらかしにされた古いどろどろのカーテンみたいに垂れ下がって、あとはただもう誰にも知られることなく朽ちてゆくだけの家の一部みたいにみえました。それ素敵ね、と会ったときには本心から褒めたはずの細かなフリルのついたブラウスの襟首の色と首の色との差に、顔とそのすぐ下にたっぷりとあしらわれた繊細さ——そのふたつがほんらいそれぞれ属しているはずの世界のあまりのへだたりぶりにわたしは不安な気持ちになり、その不安を打ち消すように、にっこりと笑ってみせました。やっととれた予約だったのに。残念だわ。今のところぴんとこないもの。それともこれから何かが変わるのかしら。そう言って近藤さんはまたいたずらっぽく唇をとがらせて、それから紅茶に口をつけました。

土曜日。今から三ヵ月前の、すごくよく晴れた春の日の、土曜日の午後三時。あの瞬間がなかったら、そしてあの女じゃなかったら、わたしはそんな先生に会ったことも近藤さんのことを思いだすこともなかったと思います。けれど、色違いで何足も並んだわたしのレペットと、丁寧に履きこんだ夫の靴がいくつか並んだわたしの家の、そう、お気に入りのテラコッタ、それも敷きつめたときに全体がどんな色あいになるかと考えてひとつひとつを注意深く選んではめこんでつくった、このわたしの玄関にあらわれた女をみたときに、その言葉が突然やってきたのでした。悪魔がきたかと思いました。もちろん口になんか出しませんでしたけれど、あの女をひと目みたとき、頭の中のどこか暗くてへこんだ部分にいる誰かに読みあげられるみたいにしてあの言葉がやってきたのです。

女の、けれど決して高くはない中低音のはっきりとした声で、それは間違いようのない発音でした。悪魔がきたかと思いました。女は小柄で、おとなしい感じ。いわゆる人の目をぱっと惹きつけるような種類の美人というのではないけれど、ぱっとみただけでも印象に残るほどの長さがあるまつ毛は伏し目になったときにはどこか男好きのする感じがしましたし、横に大きく開いた唇の厚み、そしてそこから覗いた大粒の歯の並びの良さをみたときにわたしは反射的に苛立ちを覚えました。子どもの頃に親が金をかけて矯正でもさせたのでしょう。目の動かしかたや会釈のしかた、人の目がしっかりと意識された不自然なくらいにしゃんとした姿勢のよさ、声の張りひとつとっても、そこには美人でも不美人でもない女に特有の努力のあとがみてとれました。上質で、明るい匂いのするものだけを自分のまわりに集めて、それを心の底から楽しんでいるようなそんなふりをもう何年も何年もやりつづけてきて、まわりの人間や自分自身にそれを内側からおのずとあふれてくる自信だと思い込ませることに成功していると安心している、わたしの目の前にあらわれたのはそんな女でした。この数ヵ月、平日

も休日も関係なく断続的にやってきては知らない人間と一緒になって
まるで土足のままであがりこみ、家中のあらゆる場所にきたない痕《あと》を
つけてゆく――電話口でその声を聴くのもうんざりする、このろくで
もないいつもの不動産屋の男に連れられて、その女はわたしの家を値
踏みしにきたのです。

「こういう感じ。わたし漠然としたあこがれがあって、とくにポーチ。
すごくいいですね」
女はお邪魔しますといって頭を下げつつ、わたしの目をみたまま、
ほほえんで言いました。それは意外ですねえ。リクエストいただいて

いた感じとずいぶん違うので、意外です。こういう可愛らしい感じのお宅もお好みなんですねえ、やっ、広がりますねえ。不動産屋の男がもともとしまりのない口元をさらにだらけさせた表情であいづちをうち、こちらが奥様です、とわたしを紹介しました。どうも、とわたしは会釈して、どうぞ、とスリッパを手で示してからリビングのほうへ歩いていきました。

家なんか普通にみてまわればだいたいのことはわかるのですから、わたしは相手に何か質問されない限り自分から話しかけることはしませんでした。一日でも早く、そして少しでもいい値段で売りたい場合だったら、設計事務所は外苑前のあの庭が有名なレストランを手がけたイギリスの方がいらっしゃるところにお願いしたんですとか、やっぱりこれからは素材だから壁と天井だけじゃなくてクロゼットの中までですべて漆喰《しっくい》にこだわったんですとか、季節によってこの部屋の日当たりがどうでこのあたりがどれだけ静かだとか、キッチンの食洗機はドイツのミーレでとても丈夫ですごく便利だとか、そんなどうとでもとれるようなことをあれこれ積みあげてアピールすることもあるんでしょうけれど、わたしの場合はまるで違います。どれだけの手間と愛情をかけてこの家を今のかたちにまでつくりあげ、あたため、好きになり、そしてそのすべてのことを大切に思ってきたかということを見ず知らずの誰かに自分から教えてやるつもりなど微塵《みじん》もありませんでした。そう、わたしの場合はまるで違う。なにしろ追い出されるのですから。

ドアも、壁の色も、この出窓のこのスペースも、いいですねえ。ダイニングがこんなに広いとたっぷりしたテーブルが入りますね。わたし、一枚板のテーブル置くの、ちょっと夢なんですよねえ。調子よくため息をつきながらダイニングとキッチンをみて大げさに感心してみせる女の少し後を歩きながら、いいですねえってそんなもの、ぜんぶいいに決まっているじゃないの、適当なことを適当に言わないでちょうだい、とわたしは胸の中で何度も舌打ちをしました。

それにしてもこの女は何なのでしょう。持っている鞄や着ている服はべつにたいしたものじゃないし、年齢も、みればみるほどよくわかりません。だいたい内見に女がひとりで来るのは珍しいことです。今日は土曜日ですし、旦那がいるなら一緒に来ますし、そうでない場合は親が同伴したり、とにかく身内で連れ立ってくるのが一般的なのです（そんなどうでもいいようなことをわたしはこの数ヵ月で学びました）。そう、内見に女がひとりでやってくるというのはまずないこと。中古とはいえ、まさかひとりで一軒家を買うようにはみえませんし、いくらローンを組むといったって一億円を大きく超える家を買うにはさすがに若すぎる気がしました。でもわかりません。今日は都合がつかなかっただけで、旦那さんがまとまったお金を出すのかもしれません。わたしの場合がそうだったように。それとも、親かもしれない。いや、きっとそうなんでしょう。しかしもし仮にそうだとしたら旦那さんはともかくとして親ならついてくるはずでした。金だけ出して口を出さない親なんて存在しないのですから。

普通なら、売る側だって、売りたい相手とそうでない相手の意思表示はできますし、基本的な相手の素性についても、あまりに立ち入ったことでもない限りはそれとなく教えてくれるものらしいのです。売りたい人がいて、買いたい人がいて、そのあいだをとりもって少なくない手数料をとる業者がいて、みんながそれぞれ対等であるような感じにおいては。でも今回は違います。わたしたちにそんなことをいちいち確認したり、決めたり、あるいは求めたりする権利のようなそんなものは、はじめから存在しない雰囲気でした。そんなことを言うと呆れた顔で、大きな声で笑われそうな状況でした。夫の会社が破産して、倒産ということになって、まだローンが残っているこの家を売却することになったからです。もちろん、ふつうの売り方ではない、任

意なんとかという方法で。わたしの家の値段を決めるのも、これから
わたしの代わりにここに住む人間を決めるのも、この家を建てて数年
のあいだ愛情をもって生活をしたわたしたちではなく、この家をみた
こともなく一度も足を踏み入れたこともない、どこかの見知らぬ誰か
――いや、それはべつに誰かである必要もない、何かなのです。

駄目になるまではあっというまでした。坂を転がるようにとはよく
いいますけれど、それだったら痛みであれ恐怖であれ何かしら感覚が
あるだけましだったかもしれません。けれど、わたしには転がってぶ
つかるための地面もないような具合でした。気がつけば何もみえない
し何にも触れられない巨大な空白のなかに、ぽつんと浮かんでいるひ
と粒の小豆になったみたいでした。調子に乗って家なんか建てるから

こんなことになるんだと、家にやってくる人間、電話をかけてくる人間、こちらをみてにっこりと挨拶をしてくる近所の人間、ただすれ違うだけの顔見知りの人間、そしてもう長く会ってない人間にまで――彼らは顔にも口にも出しませんけど、でもその全員にざまあみろと笑われているような気がしました。

夫は――そしてわたしも、もともと無口なほうで、わたしたちが家で仕事の話をすることはめったにありませんでした。会社の経理にまつわることはすべて会社の人間がやっていましたし、わたしはそういったことにいっさい興味がもてないたちでした。資産運用や株や色々なことを夫がやっているのは知っていましたけれど、それはあくまでも夫が仕事でやっていることでしかなく、わたしとわたしの家には関係のないことでした。ローンの返済分や保険料が引かれたあとの残高で、わたしは毎月の生活を、ただそのときそのときをこなしているだけでした。ふつうに過ごした今日がそのまま明日になってそれが積みかさなるだけで気がつけば一年が経っているのです。

夫が独立するまえ、まだ勤め人だったときでもお金が足りなくて困ったというようなことは覚えている限り一度もありませんでした。わたしたちには子どもがいませんでしたし、べつに贅沢をしているつもりもありませんでしたし、お金の遣いみちを夫はうるさく言う人ではありませんでした。夫の様子やわたしへの態度からは仕事はいつも順調であるようにみえていましたし、何の不安もなかったのです。ずいぶん長く住んだ、夫の父親が残した家を六年前に処分して（わたしはこの灰色の瓦屋根の日本家屋がほんとうに嫌いでした)、この家を建てることになったときも、その手続きのすべては夫と夫の会社が請け負って、わたしはといえば、ただ紹介された建築家と顔をあわせてお茶を飲み、見よう見まねで描いた間取り図をああでもないこうでもないとひろげてみせ、それが実現可能かどうかに頭を悩ませるだけでした。

ですから、まるで親の庇護のもとにある子どものように――夫の会社と自分の家庭にいま何が起きているのか、これから起きようとしているのか、わたしは気がつかないままでした。今から思うと夫だって気がつかないままでいいと思っていたのかもしれません。だからわたしは最後まで気がつかなかったのです。家を処分しなければならなくなったとある朝、とつぜん夫に言われるまで。この国の景気が最低を這っているのだということはもちろん世間の常識としては知っていましたし、近所のちょっとした付き合いでそういう話題がでるとそれっぽく眉をひそめてみせることもありましたけれど、でもそれがじっさいのところ自分たちの身にどんなふうに降りかかってくるものなのか、そういうことを少しでも真剣に考えたことがなかったのです。

毎月おなじだけ振りこまれる、わたしにとってはじゅうぶんな大きさの見慣れた数字。いきつけのアンティークショップの代金の引き落とし。丁寧に梱包《こんぽう》されて届くガラスのドアノブ。鍵つきのものもあります。目当ての生地の購入。九州の契約農家から届けられる野菜と肉の代金の詳細。それすらもクレジットカードの明細表のこまごまとした数字上のやりとりにすぎず、わたしの生活はそういったものの繰りかえしだけでできあがっていて、何かが止まるだの、何かが失われてしまうだの、何かが終わってしまうだの——そういったことはどこかべつの世界に住んでいるどこかべつの人たちの身に起きる面倒で大変な出来事のように感じていたのだと思います。ちょうど、政治というものが現実的に重要なものなのだと頭でわかっていたとしても、でも、いつまでたっても、やっぱり自分たちの生活とはべつの次元に存在しているものにしか思えないように、政治家というものがわたしたちとおなじ人間であるとはなかなか思えないように——破産や倒産や差し押さえというものが、どんなかたちであれこのわたしの家とわたしたちの生活にかかわるなんてそんなことは思いもよらなかったのです。

いったいどうやってそんなことを想像したらいいのか誰も教えてくれませんでしたし、そんな可能性が自分に結びつくなんてことは思い浮かべることすらできなかったのです。

「少女っぽいものがお好きなんですね」

女がわたしに話しかけました。はい？　ほほえんで、わたしは聞きかえしました。いえ、外観とかもそうですけど、壁紙もガラスもすごく繊細で凝ったものばかりだから。女の人ってこういうの、もう子どもの頃からずっと好きですよね。わたしも好きなんですよ、こういうテイスト。いま着てらっしゃるお洋服もラブリーな感じで素敵ですよね。すごく、そのまんまですよね。ええ、とわたしはそれだけ言って、そのあとはとくになにも言いませんでした。

女は部屋の中のありとあらゆるものをいちいち大げさに褒めてみせました。この壁紙の色がすてき。模様がすてき。シンクの高さがすてき。タイルが外国みたいで、すてき。なぜ、この女は少しも黙っていられないのでしょう。なぜこんなにべらべらとしゃべるのでしょう。さっきから。いちいち。褒められて悪い気のする人間はいないなんてことを心から信じている、これがこの女の、人との基本的な接しかたなのでしょうか。もしかしたら日頃から人を適当に褒める癖がついているだけで何かしらの職業病なのかもしれません。表面的にとりあえず褒めているかぎりは嫌われることもないし波風も立たないと思っていて、そういうのがしみついているのです。そういう人間って多いと思います。いいえ、それともこの女は本心ではちっともいいなんて思っていなくて、わたしのことをただ馬鹿にしているだけなのかもしれませんし、あるいはわたしがいま適当に思いついたことぜんぶを思っているのかもしれません。いずれにせよ、女の大げさな反応は歯に挟まって気になってしょうがない食べかすみたいにわたしを絶えずいらいらとさせるのでした。

あの、トイレも拝見していいですか？

どうぞ。

トイレットペーパーがしまってある戸棚をあけて、広さと扉の開き具合をたしかめます。水を流す。内見者は家のなかのありとあらゆる場所を覗いてまわります。クロゼットのつくりから、パウダールームの収納棚のかたちから、食洗機のなかから、シャワーの位置、浴槽の深さ、タイルの目地、納戸からつくりつけの食器棚の奥まで。ひっぱらないのはチェストのひきだしくらいのものです。満足そうにふんふん肯いてみせながら、女は頭の中のメモに何かを書きつけてゆきます。不動産屋の男があとをついて歩く。キッチンをくまなく観察したあと、勝手口を開け、ゴミ出しの様子をききます。わたしは答える。風はどうですか。入ってきます。ああ、こっちから入ってあっちに抜けてって感じですね。二階のほうに失礼しても？　どうぞ。

小さな、けれどもこだわりぬいてつくった無垢板の螺旋《らせん》階段をわたしたちは無言のまま、あがってゆきます。いつも磨いていた手すりをつかむ。その光の鈍い反射をみたときには思わず胸が痛みました。女はすたすたと廊下を歩いてゆきます。寝室を拝見しても？　どうぞ。あっちはなんですか。クロゼットです。ウォークインになっていて、あちらからも入れます。あちらって？　アトリエにして使っている部屋です。何のアトリエですか？　あ、あれ、大きなミシン。ええ、洋服をつくるので。女はそうなんですかあと高い声を出して驚いた。デザイナーとかしてるんですか？　あ、ひょっとしてパタンナーさんとか。いいえ、これは趣味で。もともと小さいと言われる声がさらに小さくなったような気がしました。あ、ここもメルヘン調ですねえ、感じが。三角屋根がここ、生きてますね、天井が高くて。このアトリエ、いいなあ。リビングの壁紙とおそろいだ。レースいいですねえ、こんなにたくさん。趣味で洋服おつくりになるの、すごいですね。優雅な趣味。

女はわたしをみて小さく笑いました。それからくるりと向きを変えて寝室へもどり、その足どりが一階をみてまわっていたときとはずいぶん違うものになっていることにわたしは気がつきました。それはまるで勝手を知ってる自分の家の中を訪問者に案内しているような感じで、女がわたしにこの家の中のひとつひとつを自慢して歩いているみたいだったのです。あ、あの小さなドアは？　女は思いだしたように指をさして小走りで寝室へ入ってゆき、ちょっとした支度室みたいなところにつながっていますとわたしは答えました。ああ、間取り図にあった主婦室ってところですね。あ、ドレッサーすてき。ここも外国みたい。

朝はやわらかな太陽の陽に、夜は心地よい冷たさに満たされる、わたしだけのこの小さな部屋の絨毯のうえに、丁寧な細工が施されている鎧戸つきの窓のそばに、もうすぐここにあるぜんぶを手に入れるかもしれない女が立っています。わたしの場所に立っている。女がカーテンに手をのばしたとき、触らないでと思わず手が出そうになりました。でもわたしは動きませんでした。窓を覗きこんだ女があっと短い声をあげました。庭、花が。あれなんて花ですか?

わたしは黙ったまま返事をしませんでした。わたしにとってはこの家のすべてが誇りだったけれど、とくに念入りに手を入れていたのは庭でした。何種類ものタイムを敷きつめて、それは離れたところからみるとまるで緑が波打っているようにみえるのです。そこに浮かぶのはアネモネ、忘れな草、ビオラにラナンキュラスにチューリップ。どれも色が濃くなりはじめたばかり。陰になりがちな場所にはハナニラ、アジュガ、インパチエンス。それから正面のポーチまわり。小さなものだけど、あの門を選ぶのにいったいどれだけの数をみてまわったことか。丸太だってくり抜きました。天使のレリーフのついたあのフェンスだって。もうすぐあそこはつるばらでいっぱいになるでしょう。毎年暖かくなるとかたまりになってあふれかえるのはモッコウバラ。隣にはドロシーをひっぱって、外側にはノイバラをめいっぱい。それからアイスバーグ。アクセントには気の強い顔をしたアンクルウォルター。赤いばらはこれだけで、花びらのあの指ざわりといったらほんとうにビロードかそれ以上の素晴らしさなのです。そして花には器も大切。全体のバランスを完璧にするために鉢ひとつ、コンテナひとつ選ぶのにどれだけ時間をかけたことでしょう。ベージュとピンクのちょうどあいだの色の壁にあうレンガを何週間も探しまわって花壇をつくり、それとおなじものをなだらかな曲線状にひとつひとつ地面に埋めこんで、ところどころに土を残してコニファーとラミウムを交互に丁寧に植えていったのです。何度もたしかめながらつくった世界にたったひとつのアプローチ。郵便受けも、外壁のカーブも、外灯も、シンボルツリーのジューンベリーも、納得のいくものがみつかるまで本当に苦労したのです。大きいだけがとりえの墓石みたいに灰色で、何の考えも理想もない、ただ建設会社のカタログから適当に選んだだけの鈍い家がどこまでもごつごつ建ち並ぶなかで、いつだってそこだけは花があふれ、まるでコッツウォルズにほんの一瞬だけ迷いこんだようなーーーそんな夢みたいな空間を、子どもの頃からあこがれていた自分だけの場所を、わたしはここにつくりあげたのでした。

「気に入っちゃったなあ。すごく。買っちゃおうかな」

ひととおりをチェックし終わった女は満足気な顔をしてため息をついて、お邪魔しましたと言いながらリビングのソファに深く座って、すっごい心地いいですねえ、と少し体を弾ませながら不動産屋の男にそう言いました。気に入ってもらえてわたしたちもうれしいです、と不動産屋の男は得意げな笑顔で言いました。わたしたち、と男は言いました。女はすぐそばにある飾り棚をちらっと眺めてからほほえみ、そこには夫とわたしが肩を寄せあってしあわせそうに笑っている写真がありました。それは去年の結婚記念日に、お気に入りのステーキレストランで撮ってもらったもの。去年。夫とわたしが笑っていたとき。一瞬、喉のあたりに何かが突き刺さる感覚がしてわたしは思わず壁によりかかり、こめかみを指で強く押さえて首のあたりにこみあげて渦巻いているものが小さくなるのをじっと待つしかありませんでした。買っちゃおうかな。女が言います。わたしはその言葉を頭の中でくりかえしました。買っちゃおうかな。わたしは思わず笑ってしまいそうになりました。ぶっとつばを吹きだして、大きな声で笑ってやりたくなりました。でももちろんじっさいには笑いもしませんでしたし、壁によりかかったまま、わたしは何も言いませんでした。気に入っちゃったなあ。こういう庭のある可愛らしい家、暮らしが豊かになりそう。花がいっぱいで、なんか大島弓子みたいだし。女は悩ましそうな笑顔をつくってひとりごとみたいにそう言いました。わたしは腕を組んだまま、まだ目をつむっていました。ねえ、買っちゃおうかなって。ねえ、いいけどそれはどうやって。大島何か知らないけれど、あなたがどれだけお金を持ってるのか知らないけれど、今の今までここにこんな家があることも知らなかったあなたが、不動産屋で適当な条件を入れてそれでここをたまたまみつけただけのあなたが、ばらが毎年きれいに咲くためには、庭がいつも緑色をしているためには、手入れというものが必要だってことすら知らないようなあなたが、コーラーのホーローのシンクにもモリスのテキスタイルにもローラ・アシュレイの生地にもジェイムズのワックスにも何の興味も関心もないあなたが、この家のことをメルヘンなんて単語でひとくくりにしかできないあなたが、わたしの家を、わたしのこれまでの時間を、わたしの人生に何にもひとつも微塵も関係のないあなたが——いったいどうやってこれを買うって言うのよ。どうやって手に入れるっていうの。買うって何なの。どういうことなの。さっきから何を言ってるの。そもそもあなたたち、いったい誰なのですか。

女はわたしに礼を言い、不動産屋の男はのちほどまたご連絡いたしますと会釈して、ふたりは車で帰ってゆきました。

部屋にもどって壁にかかった時計をみると、ちょうど五時になったばかりでした。春の深まったこの時期のこの時間帯は、小さな花たちを独特の靄でつつんで幻想的に浮かびあがらせて、まるでモネの描く植物の色のなかに入りこんでしまったような気持ちになります。わたしはリビングのいちばん左端の窓辺からそれを眺めるのが好きでした。三角屋根の、手入れのゆきとどいたひかえめな花々に囲まれたひとつの家の、だんだん濃くなってゆく緑の庭ごしにみえる小さな窓から覗く自分の姿を思い浮かべるのも好きでした。少しずつ沈んでゆく薄闇に、音もなくふりつもるようなやさしい夜の匂いに、緑や白い花びらや家そのものがその輪郭をひっそりと溶かしてゆくのを、飽きもせず、わたしはいつまでも眺めているのが好きでした。
こうしてわたしの家は、あっけなくあの女のものになったのです。

✿

かまぼこの板。乾いています。ささくれだったダンボールの角。黒ずんでいます。低反発だとうたっているけれど靴底みたいに固いマット。トイレットペーパーの芯。横になったまま窓の向こうに垂れさがった電線のたるみをぼんやり眺めて、トイレットペーパーの芯、とわたしは思いました。夫の知りあいが管理している家具付きのウィークリーマンションの一室で、目にみえる物の中から今の自分はどれにいちばん近いだろうとそんなことを考えていたのです。

食器と洋服だけはほとんど持ちだすことができましたけれど、ずいぶん昔の、捨てていなかったのが不思議なくらいにくたびれて、袖と脇のあたりの生地がこすれて薄くなって毛玉のういたサマーセーターをわたしはもう何日も着たままで、ここに寝泊まりをするようになってからもう三週間が経とうとしていました。

家財道具はそのまま置いてきました。というよりは、置いてくるより仕方がなかったのです。不動産屋がまず売値を提示して、女もそれに納得したのですが、しかしそれでは足りないと――裁判所なのか銀行なのか債権を扱っている管理会社なのかは知らないけれど、べつのところからそんな申し立てがあって、最終的にかなり値段があがることになったのです。それで再びの交渉に時間がかかり、売買が成立して明け渡しの日程が決まるまでわたしたちは待つことになりました。けれど待っているあいだはこれまでと変わらず家にいることができたので、このまま永久にはっきりしなければ、何となくわたしたちはそのままの生活を続けてゆけるんじゃないかという思いが一瞬よぎったのですけれど、もちろんそんなことはありませんでした。

女はよほど気に入ったのか、はじめの提示より千三百万上乗せされた金額でかまわないと返事をして、そのかわりに家財道具一式を買い取る権利がほしいという条件をだしました。家具の値段はまたあらためて。もちろんまとめて買うのだからそのぶんは考慮してもらえるとうれしいですね、とつけ加えて。これは双方にとって都合のいい話だったらしく、けっきょくわたしの家はほとんどそのまま保存されて値段がつけられ、ただそこで生活する人間だけが入れ替わるかたちになりました。

おなじドア、おなじテーブル、おなじ壁、おなじ庭、おなじ飾り棚におなじ椅子。わたしのあの家で女はそのままわたしになりました。ことの顚末をきいたとき、なぜそんなことを承知したのかと――おそらくこの二十年で初めて、わたしは夫につめよりました。承知したわけじゃないけど、もう仕方ないだろうと夫は疲れた顔で言いました。どっちにしたって家具だって売って金にしなけりゃならないんだから。業者が入るとそのぶん金がかかるんだ。それは説明でも説得でも意見でもありませんでしたし、もちろん慰めでもなければ会話でもありませんでした。倉庫か何かを借りて、また生活が持ち直してつぎのちゃんとした場所に越すときまで保管しておくことは無理だったのかとわたしはほとんど泣きそうになって問いただしました。けれど夫は、衣類や食器や細々したものだけで精一杯だったろう、それに、家を出た時点で家具はもう俺たちのものじゃなくなったんだよと静かに言い、わたしはそれでも黙ることができませんでした。あのな、これから大変なんだよ。電気を消してから一時間以上も責めつづけたわたしに夫がぽつりと言いました。こんな風に誰かにむかって言葉をぶつけたことなんてありませんでしたから、あとからあとからやってくる得体の知れない興奮にうかされて、しかしわたしはそれをどうすることもできませんでした。やがてわたしが何を言っても夫はもう返事をしなくなり、そこに暗闇がのしかかり、やがて何もかもに置き去りにされ、わたしはぺらぺらの夏布団を頭からかぶってどこまでも覆いかぶさってくる湿り気のなかで息を少しずつ吐きながら、明け方まで泣きつづけました。

契約が成立して家を追い出されて、ここにやってくるまでの記憶は思いだそうとすればするほどまばらに散らばってしまって、近所にどんな言いわけと挨拶をしたのか、逃げるように立ち去ったのかそれとも堂々と何かしらの嘘をついてみせたのか。どんな順序で何をどこにつめていったのか、あのときどんなものを食べていたのか、何時に眠って何時に起きていたのか、何もかもがはっきりしませんでした。

知らないあいだに夫の車は国産の中古車に変わっていました。知り合いがしばらく使ってくれよと置いていってくれたんだと言っていたような気がします。あのあいだ、夫はどこにいたのでしょう。あのあわただしい数日間は——いえ、数週間？　それすらもよくわからないあの時間は、いったい誰がはじめて、誰がいつ終わらせたのでしょう？　いえ、あれはほんとうに終わったのでしょうか？　冷静になって考えてみると、じっさいに何もかもの後始末をしたのは夫以外には考えられないのですけれど、あの期間にまともに顔をあわせて言葉を交わした覚えも、これからのことを話しあった記憶もまるでないのです。ふたりとも何をしていたのでしょう？　たしかにそこにいたのに、眠っていたわけでもないのに、現実に手も足も動いていたのに、そのあまりに漠然とした記憶の手ざわりは子どもの頃のことを思いだすときの寄る辺ない、なにかがとめどもなく漏れだしてゆくようなあの感覚にとても似ているような気がしました。何もかもとても束ねていられないあの感じ。わたしはどんなふうにあの時期を過ごして、それでどうやってここに来たのでしょう。

そうだ、さすがにベッドは処分しますね、です。女がわたしにそう言ったことは覚えています。まだ家を明け渡すまえの、あれは玄関先でのことでした。時間がずれたせいでほんの一瞬、わたしたちは顔をあわせたのです。

にこやかな挨拶のあとで、あの女ははっきりそう言いました。先方様には今回の事情についてはいっさいお話ししていませんから。ご安心くださいね、とでも言うように不動産屋の男はわたしに恩着せがましく言いましたが、そんなの嘘に決まっています。あのときのあの女の目。わたしを一瞥したあの感じは、こちらが知られたくないと思っていることのあらかたを知っていて同情してみせて、そしてその同情を押しつけない程度の思いやりには満ちている――そんな自分にうっとりしている人間の目でした。破産して、すべてを置いて体ひとつで追い出されるしかなかったことも、そして目のまえの女にこれから起きること、あるいはもう何も起きはしないこと――あんな年で無一文になって、破産した年老いた夫とこのさきみじめたらしい暮らしをしていくしかないということも、あれは何もかもを知っている目でした。これまでの人生の選択や積みかさねにそれなりの価値があると信じていたのはおめでたい本人たちだけで、けっきょくはこのざま。買い手だってつきそうにない、いわくつきの、少女趣味の縁起でもない家をこのわたしが――それもあなたの娘ほどの若さの女が――拾ってやったのだというような、そんな優越感に満ちていました。

✿

おおきなつばのついた日よけ帽子を目深にかぶり、肩からさげたショルダーバッグの持ち手をにぎりしめ、電車を二度乗り換えて片道に一時間かけて、わたしはわたしの家へ向かいました。これでもう四度目になります。目をあけているだけで全身から汗が吹き出してくるような暑さで、こんな真昼間に外で立ち話する人間は幸いなことにひとりもみあたりませんでした。

道路も家も夏の光に真っ白に光り、家だけを残して人間はみな消滅してしまったのじゃないかというぐらいにあたりは静まりかえっていました。夏の午後。わたしは道路を隔てて家の斜め向かいにある小さな公園のベンチに腰をおろし、わたしの家をじっと眺めました。すかすかになった藤棚がかろうじてつくる陰のなかで座って、わたしはただずうっと家を眺めるだけでした。ときどき風が吹いてすぐ近くで木が揺れる音がすると、わたしの家の門の脇に生えたジューンベリーも大きく体を揺らすのがみえました。その後ろの何とも言えない色あいの壁。大好きな色。わたしも塗るのを手伝いました。三角屋根に四角い小さな窓。あふれる緑。花たち。何もかもがそのままでした。

喉が渇くとそこから歩いて二十分ほどのところにあるコンビニへ行って飲み物を買ってベンチにもどってゆっくりと飲み、けっきょく自転車が数台と背の曲がった老婆がゆっくりと道路を歩いていっただけで、ほかには誰もみませんでした。

あの家は女がひとりで購入したということでした。ちょうど二週間まえ、わたしたちのあいだにひさしぶりに家の話題がでたときのことです。布団に寝転んでいたわたしは思わず体を起こして夫をみました。まともに夫の顔を真正面からみるのはどれくらいぶりだったでしょう。どす黒い顔色をして、十も二十も急激に老けこんだようにみえました。

ひとりで？　住んでるのもひとりなの？　そうらしいよ。いったい何をしている人なの。作詞家だって話だったよ。作詞家？　歌の歌詞？　そうだろ、そう聞いたよ。有名な人ってこと？　なぜだか胸がどきどきしました。詳しいことは知らないけど、そうなんじゃないのか。夫はテレビのほうを向いて興味なさそうな声で言いました。

歌詞を書くのってそんなに儲かるものなの？　それは人によるだろう。あの、かい、怪盗なんだっけ、なんとかっていう、おまえもきいたことあるだろ、あの怪盗なんとかって売れてるグループの専属みたいな話だったな。そうなの。じゃあすごいお金持ちね。まだ若いのに。すごいわね。三十一とか言ってたな。まあ才能と印税生活に年は関係ないからな。話はそこで途切れました。

気がつくと蟬の声があたりいっぱいに満ちていて、ぬるみきったペットボトルをにぎりしめながら、わたしのアトリエで机に向かっている女を思い浮かべました。右手の窓からは少し離れた場所にある小さな林がみえます。この時季には縦にのびたうすい黄緑色のラインがいつも涼しげに揺れているはずでした。夕方になると近所の教会の鐘がうっすらと響きはじめ、その音が聞こえたらわたしは手を止めて下に降りてゆき、お人形みたいなメジューエワの弾くモーツァルトを小さく絞った音量で流しながら丁寧に料理をするのです。

作詞家というものがどんな生活をしているのか見当もつきませんでしたけれど、この二週間、わたしは女を一度もみかけませんでした。まるっこい形をしたおもちゃみたいな赤のアルファロメオが——あれはたぶんそうだと思います、少しまえまで夫の白いベンツがあった場所に停めてありました。わたしがそこにいた数時間のあいだには郵局のバイクがやってきて配達人がポストに郵便物を入れるのをみただけで、家からは誰も出てこなかったし訪ねてくる人もいませんでした。

これまでの三度とも。

ずっと家にいるのでしょうか。駅へ行くにもスーパーへ買い出しに行くにも、ここからだと歩いてゆくにはちょっとした距離がありますからでかけるなら車に乗ってゆくはずです。でもポーチには自転車もみあたりません。自転車に乗る習慣はないのでしょうか。でも、なんといってもこの暑さですし、用事は午前中に済ませてしまってそれからはずっと家の中にいるのかもしれない。それとも昼夜が逆転していて、日が沈んでから活動をするような生活なのかもしれません。よくわからないけど作家というのは夜中に起きて仕事をしているイメージがあるような気がしますし。

でもあの女は作詞家で、作家というのとは違います。そういうのとは根本的に違います。作詞家というのはただ曲に歌詞をつける仕事で、本なんかにくらべて短いし、たいした内容のある仕事であるようには思えませんでした。おなじ音楽でも曲を作ることに比べると全然らくに決まっています。おなじことばをくりかえすところも多いのだし、基本的に単純な感じがします。何というか、仕事として。売れているものなんてどれもこれも似たりよったりの歌詞だもの。何か知らないけれど、曲が売れて女に印税が入ってくるのだって、あの女の書いた歌詞に価値があるからというわけでは決してないでしょう。夢とか愛とか希望とかそういうキーワードを適当に組みあわせて、脳みそのかわりに頭に綿菓子をつめてるような十代の少女たちが歌って踊りさえすればなんだっていいのです。誰もそんな子どもたちが歌っている歌詞なんて聴いていないし気にとめているはずもありません。ほかの曲の歌詞をべつの曲に入れ替えたって、聴いている客はもちろん歌っている側だって気づかないぐらいの価値しかないに決まっているのです。そんなの、ただの添えものに過ぎないのですから。ないとものたりない程度のもの。あの女はじょうずにやってそういうポジションを手に入れただけのこと。適当な商売なのです。すごく安っぽい。あの女がわたしの家を手に入れたのは、実力なんかじゃありません。ましてや才能なんかであるわけない。プロデューサーとか事務所の関係者かなんだか知らないけれど、きっとそういう権力のある人間に取りいってお付きの作詞家でいさせてもらっているにすぎないのです。我が身がいちばんで、気ままにやってきた独身の女の典型です。あの女をはじめてみたときに見抜いたあのいやらしさはそういうこと。そうやってあの女はわたしの家を手に入れたのです。

足下に目をやると乾いた地面が削れて表面とは違う色の土がみえていました。知らないあいだにかかとでほじくりだしていたみたいです。ペットボトルの中身を一口飲んで、腕時計をみるとちょうど四時になるところでした。まだまだ日は高いままで涼しくなる気配はどこにもありませんでした。まだ二時間しか経っていないのが不思議で、わたしはため息をつきました。もう何時間も、いいえ、もうずっと何日も――このベンチに座ってわたしはわたしの家を眺めているような気持ちでした。もうずっと長いあいだこうしているみたいでした。汗があとからあとから吹きだして、額や首筋をぬぐいつづけたハンカチは湿って暗く変色し、少し陰になっているとはいえ、ここに座っているのは苦痛でした。けれどほかに行くところはどこにもありません。敷いたままになっているウィークリーマンションの布団の柄がふと頭をよぎります。低い天井。戸棚のちゃちなマグネット。ビニル加工された床。いいえ、あんなのは床じゃありません。黒ずんだサン。黄ばんだ浴槽。疲れたクロス。創意のかけらもないすべて。転がっているのはトイレットペーパーの芯。わたしはとっさにそれをにぎりつぶしました。あそこはわたしの場所じゃない。あれは本当のわたしと、何の関係もない場所なのです。

フェンスの地がみえないくらいにみごとに咲き乱れたアイスバーグがみえます。わたしがいなくても去年とおなじように咲いているばらたちがけなげでした。大丈夫よと、わたしに心配をかけまいと、安心させたい一心で彼女たちは一生懸命に咲いているようにみえました。そう思うと胸が苦しくなりました。ここからはみえないけれど、あっちのツユクサやクチナシたちもおなじようにちゃんと咲いているのでしょうか。あそこは日の当たりにむらがあるから水の加減が難しいのに。みなちゃんと無事に花を咲かせているのでしょうか。あの女はきちんとやっているのでしょうか。さすがに水ぐらいはやっているでしょうけれど、でもそれだってどうかわかりません。少なくともこの三度とも夕方に水をやっている気配はありません。思いついたときだけ、適当にやっているに違いない。そういう感じです。あの女はそういう感じでした。ここから眺めているだけでわかります。夏は朝夕にたっぷりやるのが基本なのに。

わたしのばら。わたしの花たち。可愛い大切な花たち。花たちと暮らしてゆくのは簡単なことじゃありません。犬や猫といったペットよりも、考えようによると大変だっていえるかもしれない。すてきなわたしのお花畑。みんな、苦しくない？　淋しくない？　あなたたちに口があれば、足があれば、今ごろ総出でわたしのところに来てるわね。わたしと一緒に来たわよね。誰があんな女のところにいるもんですか。でも今は、あの女と一緒にいるしかない。どうしたらいいんでしょう。わたしの家。わたしの庭。どうしたら。

そのとき、玄関の扉がひらくのがみえました。それはとつぜんのことでした。ハンカチをにぎりしめたままわたしの家を凝視しているわたしの目の中で、これまでぴくりとも動かなかったわたしの家が思わず身震いをしたようで、わたしはとっさに身を低くしました。女でした。紺色のワンピースを着て手に赤いバッグを持った、中から出てきたのはあの女でした。鍵をしめ、何度かノブをまわしてきちんとかかったことを確かめると、車には乗らないで歩きだしました。耳の中が痛くなるほど勢いよく鼓動が脈打って、しばらくわたしはそのままの姿勢で動けませんでした。女はもちろんこちらには気づきもせず、門を出ると駅のほうへつづく道をまっすぐに歩いてゆきました。女が視界から消えるとわたしはおそるおそる立ちあがり、それから公園の低いフェンスがあるところまで早足に移動して、木の陰から女が歩いて行ったほうをみると女はいままさに角を曲がろうとするところでした。

わたしはベンチにもどって呼吸を整え、しばらくそのままの姿勢でじっとしていました。ハンカチで首のうしろをぬぐってから目を押さえ、それから大きく息を吐きました。音がするほど大きく。そしてわたしの家をまっすぐにみつめました。今しかない、とわたしは思いました。そして言葉にしてそう思ったとたん、胸がまたどくどくと激しい音を鳴らしはじめ、その音があまりに大きいので手をあてると表面がじっさいに細かく波打っているように感じられるのでした。

今しかない。そう、今しかない。でも何が今しかないの。わからない。わかりませんでした。でも今、あの女はわたしの家にいない。そう、女がわたしの家にいないのが、今しかないのです。わかった。女が家にいないのが今しかないのはわかったけれど、それでわたしは今しかないこの今に、いったい何をするべきなのでしょうか？　何を？　いえ、それより、何ができるの？　というより、何がしたいの。何がしたいのよ。何がしたいって、何がしたいって、それは、わたしはもう一度わたしのあの家をとりもどしたいの。とりもどすって、どういうこと。住むってこと？　そんなのどうやって。わからない。全然わからない。でも何がしたいのってきかれたら、わたしの望みはそれだけだもの。元にもどりたいの。元にもどりたい。今までの生活にもどりたい。あれはわたしの家なのだもの。

　そうよ、みて、あれはわたしがつくった庭、わたしが育てあげた花たち、わたしがつくりあげたあれはわたしの家なのだもの。お金とか土地とか権利とかそういうことじゃなくて、そういうことじゃなくて、あれはわたしの家なのよ。所有権とか売却とか法律とかそんなこととはべつに、そういうかたくてこわいものごととはべつに、あそこにあるのはどうしたってわたしの家なんだもの。何もひとつも変わらずにあそこにあるのだもの。そう、それはたとえば、そう、子どもに置き換えたらどうかしら。わかりやすいのじゃないかしら。すごく納得できることだと思います。引き裂かれても、会えなくても、一度生んだ子どもはどうなったって自分の子どもなのだというと、わかりやすいのだと思います。表向きがいくら変わったって、変わらない部分ってあるでしょう。そういう部分が。どういう事情があったって、変えようのない事実が。人がどう思おうと、誰も理解してくれなくても、そういう部分というものはどうしようもなくあって、それとおんなじことだと思います。あれはわたし、わたしの家だと思う。わたしの家って言ってもいいと思う。みてよ、全部そのままだもの。わたしの家のままなのだもの。

わたしは公園を出てゆっくりと道路をわたり、ポーチに立ちました。門まで歩いてノブをまわして中に入るとやはり土は乾いていました。この時季はうっかりすると泡みたいに増えてくるタイムもまったく元気がありません。触るとくたっとしていて緑の波が暗くなって沈んでいます。水が足りていないのです。玄関の脇を抜けてわたしは裏手にまわりました。キキョウはその小さな頭を垂れて茎からはちからが失われ、デルフィニウムは支えあってかろうじてこの暑さを耐えているという感じでした。元気なのはワイルドストロベリーとアイビーだけというありさま。

隅のほうに放ったらかしにされていたホースを水道の口にはめて、蛇口をひねって水をやりました。たっぷり、たっぷりの水を。水を与えられた土は一瞬で黒くなり、土ほんらいの匂いを一斉に醸しだして、わたしは目を閉じて、深く深く息を吸いこみました。夏の、土の、緑の草の、植物の花の、よく知っている匂い。それはわたしがよく知っている匂いでした。鼻腔で、肺で、わたしは時間をかけて熱気を吸いこんで、その匂いと流れを味わいました。そこに漂っているものをゆっくりとわたしの中にとりこんで、満たして、それからじゅうぶんな時間をかけて外にだしてやり、ホースの先をつまんで何度も上へ下へ水をやり、そこにあるすべてを濡らしてやりました。

やってもやっても土は水を吸いつづけました。じゅうぶんなだけ水をやると、終わった花がらをつまんでまとめ、草や寄せ植えの鉢の中の葉の変色した部分をちぎり、物置の横の専用のゴミ入れに捨てました。ついでに固形肥料の入った袋を手にとってひとつひとつを土に埋め、少し迷ってからもう一度、大型のじょうろをとりに物置へもどって水を溜めてからそこにハイポネックスを入れて、すべての花と葉と草にまんべんなくふりかけました。

それだけやってしまうと、庭は息を吹きかえしたようにみえました。

わたしは小さなテラスに腰かけ、夏の庭、水と光に鮮やかに輝くわたしのお花畑を眺めました。心ゆくまでその匂いと色を楽しんでから、いつものようにホースをくるくると巻いて片づけ、丁寧に手を洗ってからもう一度、テラスに腰を下ろして庭をじっくりとみました。このテラス。ここからみえる緑の濃淡の、このバランス。木と木のつなぎ目を指さきでやさしくなぞりながら胸の底からため息をつき、心なしかやわらいだ日射しのなかで葉や花びらについた水滴がそこらじゅうできらきらと光ってみえました。いくら眺めていても飽きません。でも、そろそろ教会の鐘が聞こえてくる頃。キッチンへ行くためにわたしはサンダルを脱ぎ、後ろ向きに座ったままガラス戸の取手に手をやりました。よっこらしょっと声をだして腰を持ちあげて立ちあがり、それから最後にゆっくりと顔をガラスのほうへ向けると、そこに女の顔がありました。

ガラスがなければ鼻が触れてしまうくらいの距離で、女とわたしはみつめあっていました。

鏡をみるようにわたしたちは顔をあわせ、しかしそれぞれの目に映っているのはそれぞれの自分ではありませんでした。何秒のあいだそのままの姿勢でいたのかわかりません。とっさに何を考えたのかもわかりませんし、息をしていたのかどうかだって定かじゃありません。ただみつめあっているそのあいだ、頭の中にはまったくいっさいの音もせず、女はぴくりとも動かず瞬きもせず、わたしから決して目をそらそうとはしませんでした。女の目はわたしの目をじっとみつめたま、するするとガラス戸だけがそのあいだをすべってゆき、今度はガラスなしでみつめあいました。目も鼻も口もおなじくらいの高さにあり、人間の顔をこんな近さでこんなに長いあいだ凝視したことなんてなかったわたしは、いま自分がみつめているのが何なのか、だんだんわからなくなってゆくのでした。それでも思いきってなんとか口元に視線をずらしてみると口角が少し上向きにひっぱられているようにみえ、笑っている、とわたしは思いました。

「入れば」

女はわたしの目をみたまま静かな声でそう言いました。その声はわたしが記憶していた女のものよりも低く、けれどそれはどこかで聴いたことのある声で、どこかで知っている声で、わたしはすぐに思いだしました。それはこの女をはじめてみたときに頭の中で読みあげられるようにして聞こえた、あの声でした。あの声です。なぜか息をしていることを気づかれないように鼻で呼吸をくりかえすわたしは女に言われるまま、引き寄せられるようにしてリビングへ入ってゆきました。

「どう、ですか。生活は」

わたしは爪をいじりながら女から少し離れた――ちょうど飾り棚のでっぱりのあたりに突っ立ったまま、そんなことを口にしていました。女は口元に奇妙な笑みを浮かべてわたしをじっとみて、それには返事しませんでした。

「何の用ですか？」

いえ、わたしは今回この近くに用事があって、それでたまたま通りかかっただけで、インターホンを鳴らしたらお留守みたいだったので、それでちょっと覗いてみたら庭が全体的に乾いている感じだったので、せっかくだから水をやってみただけなんです、という嘘を反射的に吐いてしまいそうになったけれど、それを遮るように女が言いました。

「先週から何ですか。気味が悪いんですけど。何しに来てるんですか」

わたしは何も言えなくなってうつむきました。女の足の指の爪には赤に近いピンク色が塗られていて、小指には爪がほとんどありませんでした。

「この暑さの中であんなところでよく何時間もいられますね」

「あそこ、藤棚があって」妙にかすれた声になったので咳払いをひとつして、陰になってるところもあるので、とつけたしたかったけれど、女はまたわたしの言葉を押しのけるように鼻から大きなため息をついてみせました。

「気持ちはわかりますよ」と女は言いました。

わたしはうつむいたまま、女の爪のない足の小指をみつめていました。

「こういう現実を受け止められないのはけっこう普通だと思いますよ。これまでずっと家にいて、それで旦那が破産しておそろいで行くところがなくなって、主婦にとって家って、なんていうか、アイデンティティみたいなものなんでしょ。あなたにとってここがぜんぶだってことはひと目みればわかりますし。あなた納得がいかないんでしょ？　この一連のことにたいして？」

はい、という感じでわたしは肯きました。

「ここでの生活のことが忘れられなくて、それで来ちゃうんでしょ。用もないのに」

はい、という感じでわたしはまた肯きました。

「思い出もいっぱいつまってて愛情も注げるだけ注いできた家をとつぜん追い出されて、それで気がつけば自分のすべてだった場所にまったく関係のない人間が住んでいる。わけわかんないですよね」

わたしはただ黙ってそのとおりだという顔で肯きました。

「でも誰かに飼われるっていうのはそういうこともこみこみなんだ

ってこと、あなたはこれまで一度も考えなかったんですか？」

「飼われる？」わたしは聞きなおしました。

「はい」と女は言いました。「言い方は悪いかもしれないけど、でも内容はそういうことですよね。だってあなた無職なんでしょう。契約のときにあなたの旦那がそう言ってましたけど。極端な話、ペットと何が違うのかなあってわたし思うんですよね。それで飼い主がだめになったらどうしようもなくなっちゃって、それでいまこんなことになっているんじゃないんですか？　犬とか子どもだったらまあしょうがないでしょうけど、あなたは立派な大人――っていうかもうそういう時期も通り越してるとは思いますけど、そういう時期もあったわけですよね。立派な大人だった時期が。――これまで何して生きてきたの、ってきかれたら、たとえばあなたはなんて答えるんですか？」

飼われる、という言葉が自分にたいして使われたことにまだ胸がどきどきとしていたわたしはとっさに何も言えませんでした。何をやって生きてきた？　それからしばらくしてやっと出てきた言葉は、家事です、でした。

「家事はまあ、大変ですよね」女はわたしをみて肯きました。「まあ、あなたの気持ちはわからなくもありませんけど、だからといって人ちに勝手に入っていいってことにはなりませんよ。これ不法侵入ですよ。立派な犯罪」

女はわたしを一瞥してそう言いました。耳のうしろあたりに緊張が走り、わたしは黙ったまま何度か肯いてみせました。

「鍵は？」女が思いだしたみたいにわたしに訊きました。

「鍵？」

「そうですよ。合鍵持っているんじゃないんですか？　明け渡しの前につくったんじゃないかって思ってたんですけど」

「持ってません」とわたしは言いました。しばらく疑わしそうにわたしをみつめたあと、女はふうんというように肯いてソファに腰かけてクッションに大きくもたれかかりました。

「ねえ、この家が好きなの？」女が胸のあたりで腕を組んで、からかいと憐れみを混ぜあわせたような口調で言いました。わたしの中にある気持ちは好きとかそういう言葉で表せるものではないような気がしたけれど、でもとにかく肯いてみせました。そして、

「……やっぱり、この家には愛情がありますし、ここは自分でつくりあげた家で、わたしの家っていう、その、そういう手応え、じゃない、その……思い入れっていうか、そういうのがありますし、さっきおっしゃったみたいに、やっぱりここにずっと住んでいたわけで、やっぱりわたしの家っていうのがわたしの中にどうしてもあって、わたしの家っていう、わたしの家っていうのは、その、そう、そう、子どもにたとえるとちょっとわかってもらえると思うんですけど、たとえばそういう切り離せない関係っていうか、そういう、わたしとこの家の関係っていうのは、やっぱりそういう、そういう感覚とおなじだったりして、そういう気持ちでわたし、」

公園のベンチで、それからあの包装紙みたいな布団の中で、夫がいてもひとりきりのあの毎晩やってくる暗闇の中で、これまで何時間もずっとずっとひとりで考えてきた自分の思いを口にしてゆくと、一秒ごとに胸が熱くなって、鼻の奥からこみあげようとするものをこらえるのに必死でした。

「でも、あなたが住んでいたときだって、この家ってべつにあなたの家ってわけじゃなかったわけでしょう？　旦那の家でしょ」ときょとんとした顔で女が言いました。「あなたが買ったんですか？」

「いいえ」とわたしはちからなく言いました。

「……お金の出所はそうかもしれませんけど、でもわたしたちはれっきとした夫婦ですし、ひとつひとつわたしが選んで、そうやってつくった家なんです。そういう意味でやっぱり……わたしにとってはわたしの家で、あ、もちろん夫の家でもあるんですけど、お金を出したのがどっちとか、それはそういうところじゃなくて、その……思いの部分で」

「思いの部分」女は驚いて言いました。それから、れっきとした夫婦とつけくわえました。「でも、家もそうですけど、家具も食器もベッドも、あなたの趣味の細々したものから何から何まで人に買ってもらったものなんじゃないんですか？　花壇だって門だって、洋服だってぜんぶ旦那に買ってもらったものなんでしょう。そういうものにたいして、ほんとに真剣にちょっとの疑いもなく、それらがぜんぶ自分のものだって自信満々に思えるのはどうしてなんですか？　結婚したら自動的にそういう意識になっちゃうってことなんですか？」女は本当にわからないというような顔をして言いました。「さっき家事って言ってましたけど、家事をしてるからそういうのは当然なことになっちゃうんですか？　どうして働かないんですか？」

わたしは首をふりました。結婚してから自分が働きに出るということを真剣に考えたことがありませんでしたし、そういうことをこれまで夫と話したこともありませんでしたし、そういうじっさいのことよりも――わたしはさっきからぽんぽんこっちに向かって投げつづけられる女の話についていくのがやっとで、そこに緊張もあいまって、頭に膜がはったみたいになんだかぼんやりとして、いまわたしは女に何を訊かれていて何をどう答えればよいのかが、急にわからなくなってゆきました。

「わたしこれ、べつに意地悪で言ってるんじゃないんですよ」女は言いました。「信じてくださいね。ただ知りたいだけなんですよね。なんでそんな恐ろしい状況にずっと身をおいたりできたのか、そこがわからないんですよ。なんでそんなに他人に甘えられるのか。自分の生活を誰かに丸投げできるその感じが。怖くなかったんですか？　そういうの、不安じゃなかったんですか？」

矢継ぎ早に質問してくる女におなじスピードで言葉を返すことなんてできませんでしたけれど、そしてそれをどういう言葉で伝えることができるのか見当もつかなかったけれど、それでもこの女がいまわたしに向かって言っていることは間違ってると──ぼんやりした頭でそう思いました。よくわからないけれど、直感的にただ漠然とそう思いました。夫婦っていうのはそういうことじゃなくて、もっと、うまく言えないけど、そういうことじゃないのです。結婚っていうのは、そういうことじゃないのです。さっきからお金のことばかり話すこの女には大切なことがみえていませんし、大切なことが何もわかっていないとわたしは思いましたし、その感触はきっと正しいに違いありませんでした。でもそれをどうやったら女に伝えることができるのかわかりませんでした。

「――まあ、そういうことはどうでもよくて」女は黙ったままのわたしをみて言いました。「色々と質問しましたけど、まあちょっと訊いてみたかっただけで、基本的にはどうでもいいです。生き方なんて人それぞれの勝手で、もちろんわたしに関係なんてないですからね」

わたしは黙ったまま女の足の指をじっとみつめていました。

「ただ、この家であなたが残していった——というのは正しくないですね、わたしが買い取った家具に囲まれてここで生活していると、たしかに妙な気持ちにはなるんです。わたしがときどき気になるのは、それなんですね。ホテルに長期滞在することもこれまでけっこうありましたけれど、そういうのとは根本的に違います。この感覚はちょっと珍しいたぐいのものですよ。知りあいの家にお邪魔しているわけでもない、期限つきでどこかの家を借りているわけでもない。今となればここで生活をするしかないし、ここはもう完全にわたしの家なわけです。

でもね、何かが妙なんですよ。この家を失ったあなたを、たとえば不憫に思ったりいい気味だと思ったり――いえ、じっさいには何も思っていませんよ、わたしはあまりそういう感情的なことに興味がありませんから、そういう感情的なことではなくて、何と言ったらいいか――この家じたいが妙なわけです。もちろん買い取ってから日が浅いことも関係しているのかもしれません。でも、馴染んでいるかいないかといえば、これがけっこう馴染んでいるんです。自分でもびっくりするくらいに。家具だってドアだって、まるで自分が長年使ってきたもののような気持ちがするくらいです。一瞬だって不自然な感じがしないそのことが、逆に不自然で不安に思えてくるほどに。はじめてこの家へ来て、寝室へ行って眠って、そして朝目が覚めたときも、何もかもがそのまま昨日のつづきといった感じでした。この家のことはすべてわたしの体が知っているというような、何もかもがわたしの記憶に連動しているのだというような、あの感じはちょっと奇妙なくらいでした」

わたしは何と返事をすればよいのかわからず、ひきつづき黙ったまま、女の足の指をじっとみつめていることしかできませんでした。

「念のために言うと、わたしは生霊《いきりょう》とかそういう話をしているわけじゃないですよ」そう言いながら女は笑いました。「そういうのは感情以上に、もっと興味がありません。ただ」

女はそこで小さく息をして、しばらくしてからわたしの顔をみました。

「においがするんですよ。なんともいえないにおいが。何か心当たりありますか？」

「におい？」わたしは聞き返しました。

「そうです。におい。わかりやすい悪臭というのではありません。でも、においがするんです。悪臭とも、いいにおいともいえないような、何と言っていいのかわからないにおいが。わたしが気になっているのはそれなんです。そのにおいがすると、こう——」女はそういうと黙りこんでしまいました。

「それは……頭が痛くなるようなものなんでしょうか」

「そういうことではありません」と女はしばらく考えるようにしてから答えました。「とにかく、困るんです。においがする時間帯は決まっていません。でも、必ず毎日、どこかからそのにおいがやってくるんです。必ず。そのにおいがすると、そうですね……、よくわからなくなるんです。何がわからなくなっているのかがわからない感じで、ただ、基盤のようなものが——そんなものがあるとしての話ですけど、それがぐらつくんです。わからなくなるんです。それでとてもかき乱されるんです。寝室へ逃げても、クロゼットに入ってみても、においが迫ってくるんです。アロマキャンドルを試してもシャワーを浴びても料理をしてみても。それでこれはいったい何だろうということで知人に来て試しに嗅いでもらっても、においなんて何もしないというんです。いよいよ気になっていたときに、あなたがあの公園からこちらをじっとみているのを発見しました。それで、わたしがいま話したにおいに——何か心当たりってありますか。もちろん、花や植物のにおいではありませんよ」

「ありません」

「そうですか。……では、やはりあなたが原因なのかもしれませんね」と女が冷たい声で言いました。「理屈としては通りませんけど、この炎天下で、あんな場所から長時間、追い出されていまは他人のものになってしまった家をじっとみているなんてやっぱりおかしいですよ。ふつうじゃない。もしかしたら、そういうことが関係しているのかもしれない。わたしの立場からすると身の危険を感じますし、そういう危険を嗅覚か何かが察知しているのかもしれませんよね。こういう考え方にはまったくうんざりですけど。それにあなたは不法侵入だってげんに犯しているわけです。あなたがこれからもどこかからこの家をみているかもしれないと思うと、やっぱり不愉快ですよ。それだけで頭が痛くなってくる。そういうことと、このにおいが関係ないとは言い切れませんよね。関係あると言えないのとおなじくらいに、関係ないとは言えませんよね。わたしにはにおいだけで精一杯なのに、いま現実的に頭が痛みはじめています」

わたしはうつむいたまま。

「それで、あなたはどうするんです」

しばらくの沈黙のあとで女がため息をついて言いました。

わたしにはもうよくわからなくなっていました。わたしがどうするのかをなぜこの女がわたしに質問するのでしょう。それに女の言っているそのにおいがいったい何のことなのかもわかりませんでしたし、興味もありませんでした。いったい、においが何だと言うんでしょう。気分が少しくらい冴えないことのどこに問題が？　単にわたしの家から招かれていないというだけの話じゃないのでしょうか。いえ、もっとはっきり言ってしまえば、この女にはこの家に住むような資格がないのです。

わたしは顔をあげてリビングをみまわしました。ここにわたしが住んでいたときと本当に何も変わっていません。時間がそこで完全に止まってしまったみたいに、何もかもがそのままでした。ソファもクッションもカーテンも、この季節のこの時刻の床にのびる光の太さの加減まで、何から何までがわたしの家のままでした。

わたしはさっき、二階から降りてきたのじゃなかったかしら。アトリエで今日のぶんを縫ってたんじゃなかったのかしら。ここはわたしの家なんじゃないのかしら。住む人間が変わっても変わらないものは変わらないのじゃないかしら。ここに帰ってくるだけで、体ひとつでここにもう一度帰ってくるだけで、何もかもがいつだってすぐにもとどおりになって、そう、さっきの庭みたいに。家は息を吹きかえして、そしてわたしも息を吹きかえして、もう一度わたしは元にもどれるのかもしれません。この数ヵ月のことはちょっとした手違いだったのだと――悪い夢から覚めるように、わたしはきっとわたしの家にもどってくることができるのかもしれません。

「終わったことはしょうがないですから」と女の声がしました。「どれだけみたって、あなたのものにはならないんです。ぜんぶ終わったことなんですよ。だから、これからどうするかを考えたほうがいいんじゃないですか？」

「わたしの、これから」

「そうですよ。わたしには現実的な迷惑がはっきりかかっているわけです。いまのこの無駄な時間だってそうです。あなたは犯罪者ですよ。だから警察につきだせば話は早いんですけど、そうするともっと時間がかかることになりますし」

わたしは黙って肯きました。

「どうやったらあなたがもうここにふらふらとやってこないで済む

ようになるか、それを考えないといけないんじゃないんですか。あなた自身が。ようするに気が済んでいないんですよね。この家と精神的に別れることができていないというか」

はあ、とわたしはあいづちを打ちました。

「そうです」と女は言った。「こういうときは、たとえばドラマとか小説とかでしたら、焼いてしまうわけですね。人は何でも焼きたがるんですよ。焼くなりなんなりして破壊して、というのがお決まりですけど、そんなことはじっさいには無理です。わたしは家を手に入れて、あなたは家を失った。これは事実です。もうどうしようもありません。たとえわたしがいまあなたに殺されたとしても、あなたの物にはなりません。だったらやっぱりあなたが変わるしかないわけです。では、どうしたらあなたが変わることができるのか。この家への未練を断ち切ることができるのかということを考えるしかないですよね」女は言いました。はい、とわたしはちからなく返事をしました。

「いいですか、本当はあなた自身が考えるべきなんですよ。わたしはさっさと終わらせたいだけですからね……それで、どうやったら気が済むのか。こういう場合は、そうですね、たとえば恋愛。男と女の関係だったら最後におもいっきり——セックスでも罵りあいでも、方法は違いますがやっぱり何らかの一体化を目指して最後の最後、それらをやるだけやると、その前後で変化がみられるっていうのを聞きますけど、手っ取り早く、そういうのはどうですか」

「え？」とわたしは聞きかえしました。「そういうのって？」

「もちろんこれはたとえばの比喩ですよ。どうすればあなたの気が済むかっていう話をしているんです……たとえばあなた、この家でいちばん気に入っているものって、何ですか」

「ぜんぶ」とわたしは言いました。女の話を聞いているとなんだか頭がぼうっとしてこめかみがきりきりと痛みだしました。この女は何を言っているのでしょう。そう思うと、またこめかみがずきんとうずきます。でもそれは何となく痛いような気がするだけで、本当にこめかみが痛いのかどうかもよくわからないような——とにかく、数分ごとにすべての感覚がどんどんわたしから遠ざかって、やがて何もかもの境目が少しずつ曖昧になってゆくのでした。

「ぜんぶではなくて、できれば絞ってください」

「庭」とわたしはしばらくして、つぶやくように言いました。

「庭ですか」女はわたしの返事をきくと、何かを考えるようにして黙りこみ、それからわたしをじっとみつめました。

「庭は……いいかもしれませんね」

はあ、とわたしは曖昧な返事をしました。

「なんとか療法ではありませんけど、そういうのがありますよね。でもわたしたちはそれよりも、もっと実践的というか、そのまま庭になってみるっていうのはどうですか。もちろん効果なんてないかもしれませんけれど、でも何がどうつながってあなたの気が晴れるかなんて、そんなことは誰にもわからないですからね。いちばん大切なものと、それもほんらい一体化できないものと一体化してみる——やってみる価値はあるかもしれません。まだ日があるうちにやってみませんか。もしかすると、わたしの感じるにおいにも影響があるかもしれませんし。それに――今日だけですよ、わたしが付きあってあげるのは。警察にも突き出さずにこうして面倒みてあげるのは」

「でも、どうやって」

「あなたがお花畑の一部になるんですよ」と女はさっきよりも冷たい声で言いました。「埋まってみるんです。庭に。あなたの大切なお花たちと並んで土に埋まってみるんですよ。何かを成仏させるには焼くか埋めるかしかないんです。でもあなたをここで焼くわけにはいきませんからね。そしてそれと同時に、いままでと違う目線で、違う立場で、いちばん大切なものに触れてみるということをしてみるのです。

そしたら、ああ、こういうことかって、何かがわかるかもしれない。お花畑なんて、家なんて、なんだかなあという感じで、もうどうでもよくなってしまうかもしれません。やったことないことをやってみるのは、やらないよりは意味があると思いますよ。それに――そんなことした五十の主婦なんてどこを探してもまずいないと思いますよ」

そう言って口もとだけで笑ってみせると、女はすたすたとリビングを横切って庭に出るガラス戸をあけて、くるっとふりむき、来て、という合図をしました。わたしはさっきから立ちっぱなしだったせいで分厚くて妙な感覚になっている足の裏をひきずって、女のほうへ歩いてゆきました。

女は庭に降りて外履きに足を入れて、ガーデニング道具が一式が入っている物置からいちばん大きなシャベルと、それからスコップを持ってこちらへもどってきました。手渡されたスコップをわたしはじっとみつめました。そのふたつを買ったときのことをわたしはよく覚えていました。でも、買ったときのことってなんでしょうか。持ち手のことで迷ったことでしょうか。あれで土を掘ったこと。根っこがとても固かったこと。根っこ。土を刺す音。ぱらつき。お芋掘りのことか。いえ、それはもっと子どもの頃のことです。手袋も。夫とか。忙しくてあんまり家にいない人でしたけど、それでも気配がしてふりむくと、わたしが土をいじってるのをたまにうれしそうにみていました。いつもきれいに咲いてるなあと言ってくれました。そして、うちの庭がいつもこんなにきれいなのはおまえのおかげだなって言ってくれたのです。この場所でした。わたしたち。ぼんやりとしていると、うっかりしていると、いろんなことがやってきます。それらはわたしをすっぽり包んで、いったいどこへ連れてゆこうとしているのでしょうか。手渡されたスコップの鉄が、すっかり錆びているのがみえます。ただこうしているだけで、いろんなことがやってきます。でもそれってこのシャベルやスコップに、本当に関係あることなんでしょうか？

女は敷きつめられたタイムを踏んでそのうえに立って、右手に持ったシャベルの先で、だいたいこのあたりにこれくらいの四角ですね、と地面すれすれに線を引いて示してみせました。縦に掘るのはさすがに無理ですから横ですね。横長で。棺桶タイプでゆきましょう。わたしは女の指示でさっそくタイムごと土を掘りはじめました。わたしが手入れしていただけのことはあって、そしてたっぷりやったさっきの水のおかげで、土はほくほくと簡単にほぐれ、すぐに黒い部分がみえてきました。わたしは無言のまま、まず輪郭をわかりやすく四角に掘ってゆき、それが終わると全体にとりかかりました。そのあとはただひたすら、黙って、わたしは四角の中を掘りつづけてゆきました。タイムの根は浅く、彼女たちはあっけなく土から剝がされてゆきました。白い根をかぼそくさらして彼女たちのやわらかな部分はどんどん断たれ、土はわたしたちの思ったとおりにどんどん掘られてゆきました。あたりには緑と白のまじった黒い山がいくつか膨らみ、三十分が経つ頃には人間がひとり横に寝転ぶことができる大きさの、黒い空白ができあがっていました。

「では、寝てみてください」女は言いました。

わたしは女に言われるまま、掘りかえしたばかりの黒く湿った土にお尻をつけ、それから脚をのばして、両手を体にまっすぐ添わせてみました。水分を含んだやわらかな土の匂いだけがしました。じっとしていてくださいね、と女は言い、それから、かけますよ、と言いました。それは、あの声でした。手の甲と腕に、それから首にひんやりとした感触がふりかかり、声はさらにタイムの混ざった土を仰向けに寝たわたしにかけてゆきました。最初はぱらぱらと、そして胸や太ももにやがてだんだんと厚みが感じられるようになり、しばらくすると、どさりという音とともに、これまでとは違う重みがやってきました。物置から持ってきたらしい腐葉土が追加されたようでした。わたしは庭の真ん中で仰向けになり、あの声に土をかけられておりました。

目には夏の夕暮れのまるい空がどこまでもひろがり、まぶたにちからを入れて目をひらこうとすればそうするだけ、空はどんどん大きくなるようでした。みればみるほど空はどんどん大きくなり、わたしはそれがどこまで大きくなるのかを知りたくて、口が開いてしまうほど、これ以上はないというほどに目を見開いておりました。うっすらと色のついた遥かかなたのうろこ雲ははかなげで、そこに小さな飛行機が浮かんでいるのがみえるのです。声はわたしに土をかけつづけ、手のひらで丁寧に押し固め、わたしの手足は土の中でどんどん重くなってゆきました。種。球根。根っこ。いつもの手袋をして、花の世話をしているわたしの後ろ姿がここからみえます。きれいに咲きますように。ちゃんと根づきますように。わたしが土にスコップを入れるたび、わたしに土がかけられる。わたしが何をしたでしょう。ひとつ、またひとつ、わたしは重くなってゆく。そして軽くなってゆく。もう手足は動かないのに、息をするのも苦しいのに、それでもどこかが、まっすぐにあの空をめざして、それでも何かが、音もなくするすると伸びてゆくようです。わたしが何をしたでしょう。声は無言のまま、ただどこかで息を吐き、わたしに土をかけてゆきます。この声は誰でしょう。顔もみえないのに苦しそうな、この声はいったい誰でしょう。わたしに土をかけてゆきます。わたしも土をかけてゆきます。わたしが息を吐くたびに、声が手のひらで押すたびに、わたしは重くなってゆく。ひとつ、またひとつ、わたしは軽くなってゆく。かろうじて動く首を少し横にすると、すぐそこにペチュニアの葉がみえました。水滴がゆれて光が走り、生まれたてのようなやわらかい天道虫《てんとうむし》がそこにいて、極小の天道虫がそこにいて、羽をひろげる瞬間でした。ずいぶん昔にわたしはおなじようにこの瞬間をみたような気がしましたけれど、もういつのことかは思いだせない。それでもわたしは言いましょう。夫が帰ってきたら、天道虫のことを話しましょう。生まれたてのものようについて。今、とびたとうとしている小さなものについて。わたしの家、窓のむこう、いつもの鐘の音がします。部屋を出て、階段を降りて、わたしはいろんな話をしましょう。何も奪わず、ただここで静かに呼吸をしているだけの花について、わたしについて。それからあなた、あなたにも。言いそびれておりましたが、わたしは悪魔ではありません。

十三月怪談

　春のせいでぜんぶの時刻が憂鬱で、なんだかだるくて、それで腰も痛くて頭も鈍くて気が滅入っているんだな、手の先も足の指もまだけっこう冷たいのに目のあたりだけがぼうっと熱いし、もしかしたらこれが花粉症のはじまりなのかな、なんていつもの感じで思っていたら、桜が散って、そこらじゅうの緑が濃くなって梅雨が過ぎて、雲がふきだしみたいに盛りあがる頃になってもいっこうに調子がよくならないので、寿時子はアルバイト帰りのある木曜日、軽い風邪をひいたときなどに通っている駅前の病院へ寄って血液検査をしてもらった。

女性はだいたい二十七歳あたりで免疫ががくんと下がって体調を崩して、そうですね、寿さんの年齢あたりでもう一度がくんとくるから、たぶんそれじゃないかなあ。顔色もまあふつうですしね。そういう人って多いんですか？　針を刺したあとに貼られた四角の小さな白いシールをひとさし指のはらで押しながら時子がたずねると、すごく多いですよ。とくに季節の変わりめのいまの時期。みんなばたばたと体調を崩します。明るい髪色をして背が低くて肩幅のうんと狭い、いつもどれだけ顔をみても年齢のわからない愛想のいい医者は穏やかな口調でそう言って、なにかあったら明日にでも直接、電話いれますね、とにっこり笑い、それで翌日の午後四時きっかりに時子の携帯電話が鳴ったのだった。

お小水の結果と、ちょっといくつかの数値に問題があるので、もう一度来てもらって、それから紹介状を書きます。

こんなふうに何となく不調になって診てもらったことはこれまでにも何度かあって、その度に血液検査をしてもらっていたけれど（あれこれ言わずにまずはとにかく血液検査、というアレルギーが専門のこの小さな病院のわかりやすい方針が時子はすきだった）、じっさいに電話が鳴ったのは今回がはじめてだった。だから電話がかかってきたことと、紹介状、数値に問題、という言葉に時子の胸はいきなりどきどき鳴りだして、急に低くなった自分のあいづちの声に気づくと得体の知れない大きな影にすっぽりと包まれたような気持ちになった。わかることだけでもその電話口ですっかり訊いてしまいたかったけれど医者は詳しくはおいでいただいたときにお話ししますねと言って電話を切った。

その場にぽつんと電話とふたりきりで置き去りにされたような気持ちになって時子はしばらくそのまま動けなかった。とりあえず、ぺったりとはりついていた電話の表面を頬からはがして鞄にしまったあとも妙に明るすぎるような気がしたさっきの医者の声がどこかひっかかっていて、少し歩いては立ち止まり、あらゆる方向からやってきては忙《せわ》しなくどこかへ歩き去ってゆく人たちをしばらく見るともなく眺めてからもう一度、電話を取りだして夫にかけてみたけれど、ちょっとすると留守番電話に切り替わってしまった。

人々が吸い込まれて吐き出されている改札の方をみると、とたんに電車に乗る気が失せてそのままタクシー乗り場まで流されるように歩いてみた。けれど歩きながら、電車なら数百円で済むところが四千円もかかるんだよなあという考えが浮かんで、それから最近はじめたばっかりのアルバイトの時給のことが頭をよぎってしまうとやっぱりタクシーで帰るのは何かが間違っているような気がして、さらに重くなった足をひきずるようにして時子は改札へもどっていった。

電気を消した寝室でも、全身でどこまでも落ちこんでいるのが伝わってくる時子を、夫の寿潤一はいつものように笑いとばした。

人間ドックだって定期的に受けてれば再検査なんていくらでもくるよ。それにしてもさ、まだわからないことをなんでそんなに心配できるのか、いつも感心するけどきみはほんとに器用だよなあ。そんなの、わからないからこそ心配するしできるんじゃん、と遅くなるときは必ず連絡をくれるのに今日に限ってそれがなかったこともあわせて気分が悪いのだということを伝えるために、時子は夫に背を向けたままの姿勢でそう言った。きみがそういう考えかたがすきなのは知ってるけどさ。いつだったっけ、左の肘に小さなごりごりみたいなのができたときだって悪性の腫瘍かもしれないってあなた、ものすごく落ちこんだじゃない。でもけっきょく笑われただけでしょ、先生に。それはそうだけど、でも、それがなんであれ、前回と今回っていうのはよく考えればべつになんの因果関係もないんだもの。あなたもよく言うじゃない。過去といまは関係ありそうでやっぱりないんだって。いましかないんだって。あんな人当たりのいい先生が訊いても教えてくれなかったってことは、たぶん電話じゃ言えないことなんだよ。

何かそれっぽいことがあると、自分の能力の及ぶかぎりの最悪なシチュエーションを想定してそこからとめどもなく想像をふくらませてゆく傾向が時子にはあって、彼女はこのときももちろんその考えにどっぷりと支配されていた。小説やドラマでよくあるような、「そのときの＊＊は、これから先に起きる出来事を知るよしもなかった――」という感じの言い回しと現実が、いつかそのうち自分の人生に必ず顔を出すような、どこかで暗い口を大きくあけて待ち受けているような、そんな予感とおそれがいつだって時子の背後にひかえているのだった。

もし、わたしが死んだら。あなたが死んだら。わたしが死ぬとき。あなたが死ぬとき。ふたりとも健康でマックスで生きたとしても一緒にいれてあと何年。そんな話を時子は機嫌がいいときもよくないときも、それから楽しいときもべつにそうでもないときも、たとえば食事をしているときにぱっと思いついたように脈絡なく、あるいは眠りに落ちる直前の暗闇の中で思いつめたように、ごくあたりまえの日常の話題として夫に持ちかけてそこからえんえん、まだ起きてもいない──夫にとっては気が滅入ることでしかない架空のできごとについていつまでも話しつづけるようなぐあいだった。しかもその想像は話している本人が気づかないうちにいつだって想像の枠を飛びこえて現在の問題と（数えきれない飛躍の中からひとつ例をあげると、時子が死んだあとの彼の人生におけるセックスについての話になった場合、時子が想像するようなかたちをたったいま想像することが可能なのは、いまのあなたに原因があるのだという、なぜだか時子によると問答無用にそういう理屈になってしまうのだった）ごっちゃになってしまうから、本来なくてもいっこうにかまわなかったはずのわけのわからない混乱を引き起こしてはもめてけっきょく朝まで眠れない、というお決まりのパターンがあったので、そのたびに潤一は、なんで生きているいまから死ぬ話をしなくちゃいけないのか、なんで起きてもいないことについていま弁解をしなければならないのかまったく理解できない、もっと明るくて生産的な話をしよう、だって僕たち、いま生きているんだから、と根気よく時子に抗議するのだけど、だってそれは確実にやってくる人生の一部じゃない、なんだっていま話せることはいまのできごとなんだよ、すごくちゃんとしたいまの話なのに。

時子にとってはそんな当然の思いを彼女がくりかえすうちに、夫もしだいに彼女のそういう思考回路に慣れないわけにはいかなかった。それに時子がときに泣きながらそういった想像上の話をするときの真剣さと繊細さにふれるにつれて、彼女がこういう話をするのはなにも人を不用意に不安や不快にさせるためでも、思春期から積み残したある種類の承認欲みたいなものを満たすためでも――つまりわがままでもなんでもなくて、真剣に、純粋に、いつか生きている者をすべてとらえてしまうだろう死のようなものや自分がおそれているいくつかの可能性について感じてしまう恐怖そのものに、とにかく感受性の根っこみたいなところを否応なく捉えられているのだな、これはきっと本人にもどうしようもない種類の話で、それはそれで生きにくく、またしんどいことだろうなと思えば、彼の胸はいつも少しやわらぐのだった。そんなとき、誰にだって弱点はあるのだしお互いにフォローしあっていけばいいいさと彼は思うようにした。そのために一緒にいるんじゃないか。それに彼女のそういうところから彼だって学ぶことがないわけではなかったし、ある部分では徹底的に面倒くさいまでに悲観的でも、ある部分では基本的には彼女は明るい性格で、骨太でしっかりした筋肉に恵まれた体をもち、思いやりがあって芯が強く、神経質ではあるけれど息がつまらない程度には適当なところもあって、なにより一緒にいて楽しく尊敬できるところが数えきれないほどあった。これ以上の関係を結べる相手はほかにはいないと日に一度はしっかり確信するほど彼は彼女を信頼していたし、もちろん愛してもいた。そして一緒になるために乗り越えたこの数年のいくつかの、まだ笑い話にもならない困難を思い起こせばその気持ちはいっそう深く強まるのだった。それに自分が現在にしか興味がもてなくてどちらかといえば楽天的であるように彼女が悲観的であるのもなんら不自然ではないわけで。とにかくまだはっきりしてもいないことを先取りして心配したってしょうがないよっていつもとおんなじことが言いたいだけ。潤一はあくびまじりの声でやさしくそう言って、彼女の耳と肩のあいだの空間にいつものように鼻さきをつっこんで、それから抱きかかえるように腕をまわして、もうおやすみ、と言った。

つぎの月曜日。予約を済ませ、紹介状を持って総合病院へ行った時子はいかにも大病院の待合室らしい待合室でたっぷり一時間待たされたあとにようやく診察室に通された。

眉間に深い縦じわの入った初老の医者の見るからに硬そうな髪からは針金みたいな白髪がいくつも飛びだしていて、おなじような眉毛のしたのぎょろっとした目がカルテからさっと時子の顔に移ったときは、まだ何も言われていないのに胸の真ん中あたりがどきりとした。医者は時子の目をじっと見たまま、組織の一部を切りとって顕微鏡を使って行うさらに詳しい検査が必要であること、その検査方法とその段取りについて淡々と説明をしはじめた。問題は時子の腎臓で――この時点で医者は進行性のある腎炎の可能性を想定してはいたけれど、もちろんそれをいまの段階で目の前の患者に言う訳にはいかないので、その、腎臓病の疑いがあるっていうのはわかりますけど、あの、具体的にどんな病気なんですか、その、病名とかって、たとえば、という時子のおどおどした質問には、検査をしてみないことにはまだ何にもわからないんですと答えるしかなかった。たとえばどういう病気の可能性があるんですか、病名とか。わかる範囲で教えてもらうっていうのは。時子は急激に渇いていく舌にも、おなじ質問をしたことにも気づかない心細さで質問をかさねたけれど、医者はとにかく生検をしてからじゃないといまは何にもわからないんですよと明るく言って笑ってみせた。生検。時子は無意識に医者の言った言葉をそのままくりかえした。さっきも説明しましたけど生検っていうのはじっくり検査して精確な判断をするための検査です、できるだけ早く検査しましょう、優先しますから、と医者に言われるまま受付で最速のスケジュールで検査の予約を入れて、時子はそうしているあいだもずっとうわのそら、何も考えることができなくなっていて、その日はタクシーで家に帰った。

はっきりした病名がわかってから時子はみるみる弱っていった。

瓦や放置された自転車やひびわれた植木鉢までもがいちおうは輝かしく光り、何もかもが誇らしげに顔をあげたくて仕方がない夏の盛りの中で、彼女のその衰えぶりとふるまいはまるでそのへんのしょうもない演出家が芝居をつけているんじゃないかというくらいに、いわゆる不治の病に冒された典型的な病人のそれで——たしかにそのいちいちは時間がかかり疲労困憊《こんぱい》するものではあったけれど、検査を開始してから日ごとに口数は少なくなり表情は暗くなり、またじっさい顔色はどんどんどす黒くなっていった。

丸一日ひとことも言葉を発さない日もあるかと思えば突然スイッチが入ったように泣きだして道の真ん中でうずくまったり、また何をしているのかと思えば何時間でも目をあけたまま天井だけをぼうっと見つめていたり、それから夜のあいだじゅう夫にむかって自分たちが出会った日からいままでのあれこれを指さきで確かめるように事細かに再現してみせた。あのときあなたがこう言って、それにたいしてわたしがこう返事をしたことを覚えているかだの、はじめてのとき、終わってから、手のひらで急に額をごしごしされて、それでわたしあのときあなたのことをすきになったんだと思うのだの、あとは笑った顔がすきだの、あなたはわたしのどこをすきだったのかだの、そのほかうれしかったこと、とくべつだったこと、なぜわたしたちは出会ったのだろうかだの、きれいだったこと、一緒にみたもののこと、映画のこと、色々あるけどおもに感謝を軸にしたそんなできごとや感傷を――もちろん頭が枯れてしまうのじゃないかというほどの量の涙をとめど

もなく流しながら、時子はときに質問と確認のあいだを渾身のちから
でふらつきつつ精一杯の気持ちで話してみせた。
彼女のそんな懐古趣味はなにも病気に罹ったいま始まったものでも
なかったけれど、しかし自分がじきに死んでもおかしくないと確信し
ている人間がこの期に及んでこれまでの膨大な記憶を、なんて語って
も語りきれるわけもなければまた納得できるわけもなく、とにかく時
子の話は尽きるところを知らなかった。
涙はさらなる涙を連れて夜はまたべつのよく似た夜を呼んできた。
とにかく彼女のような性格の人間が――いや、もしかしたらほとんど
の人間にあてはまるのかもしれないけれど、とにかく、冗談でも、た
とえば話でも何でもなく、「あなたは近々死んでしまうのですよ、本

気で」と宣告されるこんな窮地に陥った場合にはおそらくとると考えられる、もっともわかりやすい感情の流れと行動を時子もまた執拗にくりかえしているのだった。つまり、体力と気力があるときは不安定になって取り乱して興奮し、疲れてしまうと干からびた鱗のような顔をして徹底的にふさぎこむというふうに。そういったことはすべて、死とか消滅とか、少し前方に待ち受けている巨大な暗闇か穴みたいなものに向かってとられる態度ではあったけれど、しかしもちろんそれはぜんぶ生きている人間のうえに起こるできごとだった。恐怖も混乱も、ぜんぶがぜんぶ、生の中でのできごとだった。だからどれだけ目に見えて体が病に蝕まれつづけようとも、あなたは明日死ぬのだと神みたいにすごい機関から断言されようとも――もっと言うと、たとえ銃口を口の中に入れられてふかふかの扁桃腺につきつけられようとも、生きている人間が死にかかわること、その暗闇なのか穴なのかどちらでもいいけれど、それらとの距離をゼロにすることは原理的に許されない——というかそれは、単にできない相談なのだった。

なにも死ぬわけじゃないんだよ、相変わらず心配性で大げさなやつだなあ、言っとくけど人間は簡単に死ねない時代にきてるんだよ、と潤一はわざと不吉な言葉を取り入れて何でもないような顔をして話をしたけれど、しかしネットで調べれば時子のその進行性の腎臓病がいくつか種類のあるなかでも実のところかなり厄介なものであるということは一目瞭然の事実であって、じっさいに潤一にしたところでひとりきりでぼんやりとしているときには時子がそう遠くない時期に本当にいなくなってしまうかもしれないという可能性を考えないわけにはいかなかった。

時子の腎臓とその疾患の進行にとってはほとんど気休めでしかない透析治療のために病院へ行く以外、彼女はもう家から一歩も出なくなり、潤一も会社に事情を話してできるだけ在宅で対応できる仕事をまわしてもらうようにした。腎臓がだめになったら人間終わり。まじで時間の問題。というのは時子のなかの無数にあるうちの常識のひとつで、もちろん時子も自分の腎臓の状態はネットで調べられるだけ調べ尽くして、病院だって三箇所をまわり、漢方を試し、ホメオパシーや気功といった代替医療の本を読み、けれども自分の年齢とその病気にかんするひとともりの説明といつかどこかで他人が辿った経緯を照らしあわせてみれば、じっさいのところ、もうすべてがよくわからなくなるのだった。

いつだったか、誰だったか何で読んだのか——あなたは残念ながら失明しますよと医者に告げられた人がいて、その帰り、道端に転がっていたぼろぼろのコンビニのビニル袋が宝物のようにありえないほどきれいに見えたという話をふと思いだして、時子は部屋を見まわしてみた。けれど窓から空や木を見つめてみても何ひとつそんなふうには感じなかったから、ひょっとしたら自分はまだ大丈夫じゃないのかと大きく晴れた朝なんかにはそんなふうに勇気づけられることもあった。

けれどもだいたいは暗く沈んだ毎日だった。うろこ雲が金色に光りながら消え入る夕暮れなどには、病気なんかになるずっとまえ、それはもう子どもの頃からこれまでの時間、自分なりに死ぬことや死についての覚悟をしたり想像をしたり、準備とはいえないまでも、それでもどんなときでもそれをないことにはしてこなかったことについて、時子はぼんやりと考えてみることもあった。それといまにはいったいどんな関係があるだろう。わたしの悲しさや動揺や不安は、いったいいま、どうなっているんだろう。死んでゆく人がいつかすべてみんなこのような気持ちになるのなら、わたしだけのものじゃない、おそらくとくべつでもなんでもないこの気持ちは、いったい誰のものといえるだろう。彼女にはよくわからなかった。

時子にはあらゆる意味で潤一しかいなかった。友達もいないし家族らしい家族もいない。仕事もないし、子どももいない。正直に言って、もし死ぬのだとしたら、潤一だけが心残りだった。死んでしまったら潤一にもう二度と会えないのだ。そう思うと時子の胸は黒くうずき全身には鳥肌がたった。会えなくなる。二度と。会えなくなるのだ。冗談でもなんでもなく。時子は目をかっと見ひらいて壁に思いきり頭をぶつけていっそこのすべてのおおもとを粉砕させてしまいたい衝動にかられた。でもじっさいはベッドから体を起こすために背中に入れるちからもないような状態で、顔の半分を枕に沈めたまま、会えなくなる、と思った。それから目を閉じ、いや、違う。わたしが夫に会えなくなるのではないのだ、と思い直した。わたしは死んでしまうのだから、会えない自分、というのは死んだ時点でもうどこにも存在しなくなるのだから、わたしが会えなくなるのではないのだ。二度と会えなくなるのは、夫なのだ。生きている夫のほう。置いてゆかれて、置いてゆかれたと感じることができるのはわたしではなく夫なのだ。

そう思うとまた鳥肌が立った。冗談じゃなく、言葉遊びでも試しでもなく、本当の意味で――本当の意味で？　死ぬとはどういうことだろう。時子は指さきで顔を触った。どこもかしこもかさかさとして硬かった。けれどまだ目もみえて、物があって、触ることができて、息ができて、呼べば声が出て夫がきてくれる。夫を見ることができて、夫に見られることができる。まだ、体温があって、記憶があって、体があって、舌だって動かすことができる。いまは、生きている。でもわたしはほんとうに死ぬのだ。

時子は腕をさすりながら、何かを半分だけあきらめたような静かな気持ちで考えた。そしてずうっと昔、まだ中学生にもならないころになにかで読んだ話のことを、とつぜんに思いだした。それが漫画だったのか小説だったのか、あるいは映画だったのかはもうはっきりしなかったけれど、それはある男の妻が肺結核で死んでしまうまでの夫婦の日々の話だった。じっさいに自分がこの奥さんみたいになったときそのときはいったいどんな気持ちになるだろう。交通事故や災害や犯罪に巻きこまれなければいつか必ずやってくるはずの病床で、自分はなにを思うんだろう。時子は子どもの頃でさえ、そんなことをよく夢想した。そのときのそれは時子にとってもちろん百パーセント架空の話だった。けれどいまそれが現実のものとして自分の身に起きていること、自分がほんとうにその場所に来てしまったのだということ、これが小説でも嘘でもなんでもないほんとうのことであること――それを思えば、さっきよりも大きな鳥肌がいっせいに彼女の皮膚だけでなく、内臓の表面までをおそうのだった。そしてそれ以上それらについて考えようとすると首からうえがぼんと乾いた音をたてて白く吹き飛んでしまうんじゃないかというこわさだけがその鳥肌の粒のひとつひとつにのっかっているのが見えて、しかしそれを見つめながらも払いのける気力が時子にはもうなかった。主人公の男は、死ぬことは見えなくなることだ、と言っていた。時子は目を閉じてその言葉を何度も思い浮かべた。死ぬことは見えなくなること。

死ぬことは、見えなくなること。

時子の葬儀が終わって丸一ヵ月が過ぎても、潤一はぼんやりとした頭と顔をして毎日を過ごし、同僚たちはそんな彼をずいぶん根気よく親切に気遣ったけれど、しかしいつまでたっても良い兆しはみられなかった。こういうことは時間がたたないことにはどうしようもなく、また時間さえたてばほとんどのことは収まるところに収まるものだから仕方ないとため息をついて、まわりの人たちは仕方なくできるだけそっとしておくことにつとめることにした。そして四ヵ月が過ぎて半年がたつ頃には、目の前にいるのは若くして若い妻を――何度聞いても覚えられないぐらいに長くてややこしい名前のついた腎臓疾患による合併症で亡くしてしまった不幸な男なのだという同情や気まずさが顔をだす頻度も低くなり、潤一のほうも少しずつではあるけれど明るいほうを見るための表情を取りもどしてゆきつつあるようにみえた。

最初の数ヵ月は何をしていてもどこにいても動かしているのがこれまでの自分の体ではないような感覚がして、見えるもの聴こえるもの、すべてのものと自分のあいだにはすりガラスや古いシーツを何枚も何枚も重ねたような距離が感じられていたけれど、しかしそんなふうに潤一のまわりに漂っている鈍さに彼はずいぶん助けられてもいた。たった数年とはいえ一緒に暮らしてその生活の何もかもがそのままになっているふたりの家でひとりの時間を過ごすのは辛いことだった。何を見ても、あるいは何も見なくても、ただそこにいるだけで潤一は時子のことを思いだしたし、気配を感じては何度となく顔をあげふりかえることになった。ときにはトイレやクロゼットや戸棚や物置のすべての扉を開けてそこに時子がいないことを確認しなければじっとしていられなくなることもあった。そしてそのすぐあとにやってくるものはいつだって悲しみではなくて明確な恐怖だった。真夜中、まるでタイマーをセットしたみたいにして静かに目がひらき、淡い闇の中で瞬きをするごとに自分がどこにいるのかわからなくなった。

八歳のときに拾ってきた猫を捨ててこいと親に言われて自転車の前籠に入れて遠くの町の公園に置き去りにして以来、潤一は泣いたことがなかったけれど、時子がいよいよだめだということが誰の目にもわかるようになってしまって病院から家へ連れて帰り、そうして過ごした数週間はひとりきりでよく泣いた。時子には決して気づかれないように、風呂場で、買い物へ行く道で、潤一は目をこすりながらよく泣いた。明け方、青白いベッドでぴくりとも動かないで眠っている時子を見るのは怖かった。もうすぐ、おそらく、棺桶の中で見ることになるだろう時子の顔とそのときをいやでも想像してしまうからだった。でも手をのばせばすぐそこに触れることのできる時子は温かくまだ湿り気があって、たしかに生きていたけれど、やがて失われるこのかけがえのなさを目の前にしながら彼はいまどうしてよいのか、どうするべきなのかがいつもわからなかった。ただ見ているしかないことがおそろしかった。どれだけ抱きしめても足りず、どれだけ言葉を尽くしても何をしても届かない。息を乱さないで、音をたてないで、自分にも気づかれないように人間は泣くことができることを潤一は知った。

何かを思いだし、ついで感情が胸にわき、それが涙になるまでにやがて少しずつ時間がかかるようになり、やってくる時子の顔にも声にも会話にも立体感が遠のいて、少しずつ距離ができていった。しだいに潤一は泣かずに色々なことを思いだすことができるようになっていった。いつだったか、散歩をしているときにどこかの家の葬儀に出くわしたことがあって、それを見た時子が潤一の耳に口を近づけて、わたしたちのどちらかが死んだら、寿家、告別式って書かれるから、めでたいんだかなんだかわからないねと笑いながら言ったこと。それがほんとうのことになったこと。それから、ふたりで最後に食べた季節はずれの素麺のこと。この家で素麺を食べるのは初めてで、もうほとんど物を食べなくなっていた時子がとつぜん食べたいと言いだしたのだった。伯母さんのところで子どもの頃いやっていうくらい食べさせられたから一生いらないって言ってたんじゃなかったの、と潤一は冗談めかして言ったつもりが、すぐに自分がひどいことを言ったことに気がついて黙っていると、そうだったねえ、わたしにとって家庭の味ってこれしかないみたいでなんだか急に食べたくなって、めんつゆの味だけどね、それにこれ、すっごい薄いけどね、と痩せこけた顔で言って笑ってみせて、うつむいて箸を持ったままの潤一の手に手をのせて、だいじょうぶだというふうに慰めたこと。あのとき時子は、あんな顔で、あんな状態で、笑って、そして冗談さえ言ってみせたのだ。

僕を慰めるために。そのときのことを思うと潤一の胸ははりさけそうになった。そして素麵を食べながら、病気が治ったらイタリアにスパゲティだけを思いきり食べに行こう、よくなって落ち着いたらもちろん子どもだってつくろう、これまで忙しかったからね、ゆっくり温泉にも行こう、面白いからおなじ髪型にもしよう、毎年楽しみにしているバラの博覧会に今度は泊まりがけで行こう——そんなことを話しながらふたりは顔をぐしゃぐしゃにしながら泣きつづけて、その夜、眠るまえの暗闇の中で時子はこれまでになくはっきりとちからづよく目をあけて潤一を見た。瞬きもせず、できるかぎりの時間をかけて彼女は彼の顔のぜんぶを目に映しつづけた。時子の顔はなぜかまるくふっくらとして見え、潤一は出会ったばかりの頃のことを思いだした。ねえ、潤ちゃん、わたし何度も何度も言ったけどさ、潤ちゃんは気にしないで、これからぜったいしあわせになるんだよ。そう言って時子は笑いながら泣いていた。潤一は涙でずるずるになった頬や顎を時子の首に押しつけて抱きしめ、馬鹿なことを言うな、そんなことを言うな、と嗚咽《おえつ》混じりの声でおなじことをただくりかえすことしかできず、そうするうちにも夜はいつもどおりに明けてゆき、時子はそのまま目覚めることはなかった。

☆

明晰夢っていうのがあって、みたことある人はわかると思うんだけど、それは夢と現実のちょうどあいだみたいな感じでふわふわしてる、そういう状態。

で、それをみてるときっていうのは、ああいま夢みてるんだなってちゃんとわかってて、まずそれがふつうの夢と少し違うところ。それから、ふつうの夢のなかって何か食べたりさわったり、そのほかにも、たとえば、いやらしいこととかしてもやっぱり現実の感覚のほうがしっかりしてるわけだけど、明晰夢の場合は、現実よりも何倍も感覚がはっきりしてて、夢なのに覚醒してるっていうのがしっくりくる感じで、あとは、みたいと思ったものがみえて、行きたいところにぴゅっと行けて、思ったことがなんでも実現するところ。

でもいまわたしがいるところ、っていうか、状態っていうのかな、ここは現実ともふつうの夢とも、さっき説明した明晰夢のどれとも違う感じのところで、いつから自分がこういう感じでいるのかよくわからない。

いろんなものがふつうにみえるんだけど、さわれないの。でも記憶はちゃんとあって、わたしは死んだ、って思ってて、たぶん間違いなくそういうことだってわかってるし、そう、死んで、そのあとを生きてるっていうか、生きてるってへんだけど、いまはそのあとなんだなっていうのがわかる。でもなぜなのか意識みたいなのは生きてるときとそんな変わらない感じだから、いまこうやって言葉とか使ってるし、死んだっていうよりは違う層にきたみたいな、そんな感じなのかもしれない。

生きてるときと違うのは、基本的にふわふわしていて居場所が定まってないなって感じるところ。明晰夢みたいに行きたい場所にぱっと行けたりしないし、感覚だってそんなにするどくないけれど、重力みたいなのはあまり感じない。いちばん違うのは、ふつうは自分の手とかお腹とか体とかってみえるでしょう、顔はみえないけど、体はふつうみえるじゃない。でもそれがみえないんだよね。動かしたりすればその感覚はあるんだけど、じっさいにはないの。足も手も。体がない、みえない感じで、なんて言ったらいいのかわからないけど意識そのものだけになって、いつもの場所にいる感じ。そう、気がついたらこんなふうになっていて、家にいて、そう、わたし、ずっと家にいるんだよね。

そっか、これが死後の世界なのか、これがその、幽霊とか霊魂っていうのになった感覚なのかって思わなくもないけれど、でも生きてるときと共有しているもののほうが多いから、そういうのもぴんとこない。いつかみた夢を思いだしてる頭のなかの感じに近いのかもしれない。説明しようとすればするほどこんがらがるけど、時間の過ぎかたはところどころまだら、で、ぱっぱってカメラが切り替わるみたいにして場面が変わるときもあれば、生きてたときみたいにふつうの流れがあって、ああ三時間くらい経ったかなってわかるときもあるし、そういうのがミックスされたなかに放りこまれてるっていえばいいのかもしれないけど、ようするに、どんなふうに説明したらいいのかよくわからない感じで、家にずっといる感じ。

それでわたしは、わたしが死んだあとの潤ちゃんを眺めてるっていうか、生活をしてるとはいえないけど、でもずっと家にいて、なんでこんなことになっているのかもわからない。気がついたら家にいて、そう、家にいたんだよね。いつもみたいにリビングに入っていったら潤ちゃんがいて、ねえって呼んだんだけど、ぜんぜん気がつかないの。聞こえないみたいだから近づいてって、ねえってさわろうとしても、さわれなかった。のばしたつもりでも肝心の手がなかったから、あって思って、それで異変に気がついたっていうか、色々なことがどばっとやってきて、それから、ああそうだった、わたし死んだんだったなって、そのことのぜんぶがそのときいっせいにやってきたんだった。

なんでこんなことになってるのかって自分なりに考えると、小学生のころとか、あともっと小さい子どものころとかに、死んだらこうなりますよってお話とか神話とかよくわからないけどものすごくふつうに読むじゃない、霊になるとか魂だけになって生きてる人をじっとみてるとか、死ぬのがとつぜんすぎると成仏できないとか、念が残りすぎて地縛霊になるとか、あと、わたしは少女漫画でそういうのをすっごく読んだ記憶があって、いまでもいくつだってタイトルを思いだせるくらいに、すっごく読んだ。よくあるのが交通事故。ほかには部活中の事故みたいなのできれいなまま死んじゃって、死んだ女の子は死んだことに気がつかないで、なんか空中をふわふわしてたらさきにおなじように死んで成仏してない幽霊の先輩みたいなのがやっぱりふわふわ飛んできて、それでいろいろ説明してくれて、その女の子にはもちろん片思いの人がいるんだな。片思いの人はもちろん生きてる人間で。で、幽霊の状態で、生きている人たちをふわふわしながら観察して、知らなかったことにいろいろ気づいたりして後悔したり泣いたり、ほかには幽霊的な能力をつかって助けたりとか、そういうことして、やり遂げた感みたいなので成仏してっていうか、微笑みながら消えちゃうか、あるいは、チャンスみたいなのがもらえて、生の世界にもどってみんな驚いておおさわぎ、みたいなことになって、生きかえったら片思いも成就して、みたいなの、ほんとうにもうたくさん読んだから、わたしもただ、死んだあとはそういうものだっていうそういう話をなぞってるだけのような気が、しないでもない。わたしがなぞってるっていうよりは、よくわからないけど、残った記憶っていうか思念みたいなやつのきれはしみたいなのが、ただそんなふうにして、何かを追いかけてるだけなのかもって、そんなふうに思わないこともない。いまあるような感情も、その、すごく少女漫画とかで読んだふうの感覚とかセリフみたいな感じだし、なんだかすごく、そういう世界をなぞってるだけっていう感じがあって、その証拠に、いまほとんどっていうかまったく恐怖みたいなのって感じないの。先のことも考えないし、わたしはわたしなんだけど、わたしじゃなくて、お話のなかにいるみたいで。たとえばこれが死んだあとのオリジナルのほんとうの死後の世界とかだったら――まあたしかめようもないんだけど、もっと、もうちょっとくらいは生々しくてもいいような気がする。でもわたしがここにいても誰もやってこないし、飛んだりできないし、部屋をふつうに歩いたり横になったりしてるだけだし、とにかく——これは生きてるときと変わらなくって、変わらないからこそなのかもしれないけれど、いまだってわたしの時間は潤ちゃんを、潤ちゃんだけを中心にしてまわっていて、まるで潤ちゃんの生活を記録するカメラみたいになった感じで、潤ちゃんがいないところにはわたしの意識もない感じで、そんなふうにもうずっと潤ちゃんを眺めてるんだな。

どれくらい時間がたってるのか、さすがにぶつぶつ飛んだり切れているからわからないけど、潤ちゃんの髪がのびたり、また短くなったり、窓からみえる空が低くなったり高くなったり、においや季節が少しずつ変わって、床に埃がたまりだしてそれを潤ちゃんがクイックルワイパーでとって、でもまたすぐに白くなって、潤ちゃんの着るものも変わったりして、やっぱりすごく時間がたってるはずで、わたしたちはあたりまえなんだけど一言も言葉もかわさずに、さわることもなく、でもおんなじ場所でおんなじ時間を過ごしていた。

家のなかはわたしが生きていたときのまま、おなじにしてあった。クロゼットのなかの服もそのままだし、たんすのなかの下着もそのままだし、食器も、歯ブラシまでそのままにしてあった。まるでわたしがいつ帰ってきてもいいようにそのままにしてくれているみたいだった。そうだよね、捨てられないよねって思うと胸がすごく痛くなったし、ベッドで、暗くなった部屋で、眠ったと思った潤ちゃんのほうから夜中ずっとすすり泣きみたいな声がするのを何度もきいたことがあって、でもわたしには慰めることもできなくて、そんなときは苦しかったな。天気のいいときはよくならんで向かいの家の猫をみてたベランダで潤ちゃんは何度も泣いていた。潤ちゃんはやっぱりずっと暗くって、もともと友達もいないような人だったけど、さらにずっとひとりぼっちになったみたいだった。ときどき実家から電話があって、話してるときは元気をだしてる感じの声でしゃべってたけど、でも電話を切ったあとはいつもどんよりしていて、それからダンボールに入った食べ物が北海道にいるお姉さんから届いたりする以外はほんとに誰からも何もなくて、わたしが死んでから潤ちゃんが生きてるほうの世界でどれくらい時間がたっているのかわからないけど、潤ちゃんはわたしにした、しなくてもいい約束みたいなのを守ってこれからずっとひとりでいるつもりなのかもしれないって、そんなことを思ったりした。

潤ちゃんはわたしが生きてた最後のとき、三十九歳になったばっかりだった。

もしも話をするのがわたしの日課だったところがあって、べつに病気になるまえだって、ねえ、潤ちゃんはわたしが死んだらまた誰かとつきあうの、結婚するの、どうなると思う、なんていつもおんなじ質問を気がむいたときにしてたんだな。潤ちゃんは、そういうのはもうないと思うよ、結婚なんてもちろんもうないだろうし、うん、そういうのはないと思う、っていうような模範解答をするんだけど、じゃあセックスはどうするの、まだ若いのに一生誰ともセックスしないつもりなの、そんなのできるの、って返したらちょっと考えるような顔をして、まあ誰ともしないとは断言できないけどって言いにくそうに言って、でも、時子としてるみたいな感じではもう二度と、誰ともできないと思うよ、っていうこれもまた模範解答をするんだった。でもわたしたちがなぜか出会って、いま生活しているみたいに、もしもわたしが死んでいなくなっちゃったあと、このさきに、誰かに会ってしまうのは潤ちゃんのせいじゃないんだから、何が起こるのかなんて誰にもわからないんだから、また真剣につきあったり、結婚したりしたいと思える相手と出会うかもしれないんだから、やっぱり人間ってふつうにそういうものなんだからさ、だってわたしたちだってこれまでさんざん、そうやってきたんだし。そういうことになるかもしれないよね、なんて質問なのか自分の考えをただ話してるだけなのか、そうなってほしくないことをあえて言ってるだけなのか——まあいっつもわからなくなるような、そんな感じの話をしてたんだった。

それからわたしは、でもわたしは潤ちゃんにしあわせになってもらいたいな。ずっとひとりで悲しんで、潤ちゃんひとりで生活してるなんてそんなのぜったいにいやだな。すきな人や支えになる人ができたならいつだって大事にして、やっぱりしあわせになってほしい。わたしのことは忘れないまでも、でもやっぱり適当に忘れてさ、機嫌よく暮らしてほしいな、わたしはそれを望むなあって、これもまたほんとうに思うことを言ったときには言ってるだけで思わず胸がいっぱいになって泣きそうになってしまうんだった。そしたら潤ちゃんは、でもさ、また誰かをすきになったり結婚したいと思えるようになったら、僕はそんな自分にほんとうにしらけてしまうと思うな、って言って、真剣な顔で、そういう自分にすごくしらけると思うし、だからもうそんなことはないと思う、べつに約束とかじゃないけど、自分自身のこととして、そう思う、って真剣な感じでそう言ったから、わたしはそれをきいて、しあわせになってほしいっていうのは本心からのことなのに、でもやっぱりちょっとだけっていうか、かなりっていうか、すごくうれしかったことも覚えてたりするんだった。だってわたしたちはすごく愛しあってるっていう――こんなふうにいうとばかみたいだけど、ちょっとふつうの恋愛っていう感じじゃなくて、そういう強いつながりみたいなのがあるって、そういう関係なんだってお互いに信じてるっていうか思ってるところがあったから、もしかしたらこの人は、もしわたしがいなくなってもほんとうに誰ともおなじような関係は二度と結ばないんじゃないだろうか、結べないんじゃないだろうか、ひとりで余生を過ごすんじゃないかって、そう思わせてくれるところがあったから、そのしらけるって言葉をきいたとき、それを言った潤ちゃんにはほんとうに真実味があって、それがすごく、うれしかったんだよね。

わたしが死んだあとも何の理由でここにいて、何にもできないくせにいつまでここにこんなふうにしているのかわからないけど、でもこのままずうっとここにいて時間がたって潤ちゃんが年をとって死んだりしたら、もしかしたらそのときにまた会えるのかもしれないなってそんなことを思うようにもなっていった。もしかしたらそのときのために、いまわたしはわけのわからないこんな状態でここにいるのかもしれないって、そんなふうに思いはじめてるところがあった。待ってるんじゃないかって。潤ちゃんがわたしとおんなじ状態になる日まで、いつまでだってわたしは待てるようなそんな気持ちになっていた。あの世、とか、来世、とか、死んだらまた会えるとかっていうのがこういうことかどうかはぜんぜんわからないけど、でも少なくともわたしはここでこうして潤ちゃんの隣で寄りそって潤ちゃんとまたちゃんと会える日がくるのを待ってるような、そんな気がしてたんだな。

でも、しばらくすると――正確な時間が例によってわからないけど、たぶんうんとしばらくの時間がたったあとに、潤ちゃんにも笑顔がもどってくる感じがあって、それはすごく長いあいだ低いところを流れていたものがじわっと明るい場所にでたような、潤ちゃん自身はもちろん、そう、家のなかの雰囲気がすごく動いたっていうか、変化があって、わたしはすごくそれを感じることになった。誰かと話してる電話の内容で知ったんだけど、潤ちゃんはそれまで勤めてた会社をやめてべつのところに移ったらしくて、最初はそのせいなのかなって思ってたんだけど、どうもそれだけじゃないみたいで。それと前後するようにどう考えても相手は女だなってわかるような電話を家でするようにもなっていった。眠るまえとか。それでベッドで横になって電話してる潤ちゃんの携帯電話に耳をくっつけてみたら漏れきこえてきたのはやっぱり女の人の声で、長いときは二時間とか三時間とか平気で話すこともあった。潤ちゃんの声は、そう、わたしとつきあいはじめたときにやっぱり四時間くらいしてた電話できいてたあれとおんなじ声で、おんなじしゃべりかた、おなじ間のとりかた、あいづちの感じで、それはわたしがよく知ってる声だった。それはつまり恋愛中の声ってことで、その声で話をする相手が潤ちゃんにできたってことだった。

意識のある時間がだんだん少なくなってきたような気がして——それはつまり、潤ちゃんが家にいる時間が端的に少なくなったってことだった。

潤ちゃんが電話しているのがどんな女なのかが知りたくて何度かあとをついていこうとしたことがあったけれど、エレベーターのあたりまで行くとなんだかすごく気持ち悪くなって、もやもやした嫌悪感みたいなのがやってきて、それ以上遠くに行く気持ちにどうしてもなれなくて、それでけっきょくいつも部屋にもどるしかなかった。出られない、行けないっていうんじゃなくて、なんかすごく無理な感じ。気持ちはあっても体が拒否するっていうか、っていうかべつに体もないんだけど、とにかくわたしは家からでることができなかった。何時に帰ってくるのかわからないけど——どういうわけか、時計の針とか数字はいっつもぐにゃぐにゃして読めないんだよね。食事をどこかで済ましてくる潤ちゃんは帰ってきたらシャワーを浴びてすぐ寝室に行って、いつもの女の人と電話して、っていう流れ。だからわたしが潤ちゃんを眺めてられるのはすごく短い時間のことになった。しかもその大半は誰だか知らない女としゃべってるのをすぐそばできいてるだけの時間になって、電話してる潤ちゃんの顔をすっごい近く、ふれそうな距離でいつもじいっとみてるんだけど、もちろん潤ちゃんは気づかなくて、気づけばいいのになって思うんだけど、もちろん気づかなくって、潤ちゃんはいっつも切りたくないような、うれしそうな、もうそんな顔して電話してるんだよね。やさしい声で、困るようなことをきかれてるのかなんなのかわからないけど、照れたみたいなすごくにやにやした顔になってて、それはわたしのよく知ってる、すごくすきな顔だったけど、でもなんだかもう知らない人の顔みたいにも思えることもあって、そういうのをずっとみているうちに、遠くなって、ただただとめどもなく悲しくなってきた。それは久々にはっきりと感じることのできたわたしの感情で、だからそう思うとさらに、ずっと悲しくなるんだった。

それからまたおんなじような時間がたぶんずっとつづいて、あるとき気がついたら潤ちゃんと女がソファに座ってテレビをみてた。わたしはさっき起きてきたばっかり、みたいな感じでぼんやりしてて、蛾がライトかなんかに引き寄せられるようにしてふたりの近くに歩いていった。ふたりとテレビのあいだに立ってみてもふたりは何の問題もなくわたしを透かしてテレビの画面をみてるんだった。家に連れてくるんだ、って思った。すぐにはわからなかったけど女のその顔には見覚えがあって、それはわたしが一度、浮気を疑ったことのある、つまり潤ちゃんの前の職場の女の人だった。チームっていうか部下っていうか、出張なんかでもたびたび一緒に行動してた人。なんでそういう騒ぎになったのかくわしいことは思いだせないけど、たぶんメールとか電話とかがきっかけですごくもめて、でもぜったいにその事実はないってことでけっきょくうやむやになったんだった。わたしは全身の毛がざっと逆立つような感覚に襲われて、それから喉のあたりがものすごくきつくなった。そういうことなのか、と思って、それからまた、そういうことなのか、とおなじことを思うしかなかった。

でもそれから、よく家にくるようになった女の人と潤ちゃんの会話をきいてると、そういう関係になったのはわたしが死んだあと、やっぱりずいぶん時間がたってからのことだったみたいで、どうやらわたしが死んでしまってもう数年が過ぎたみたいだった。それが短いのか長いのかそんなことはもうよくわからなかったけど、気づくと潤ちゃんの顔も体もちょっとくたびれた感じにはなってて、それで女の人がいくつなのかはわからないけど、わたしが死んでしまってすごくつらかった時期に、すごく支えてもらったんだなってことがわたしにもわかるような、なんかそんな関係になってる感じがした。ふたりの考えてることはわからないけど、ときどきわたしの話になって女の人が泣いたり、逆に潤ちゃんが黙りこんだりして女の人が慰めたり、ほかにもぜんぜん関係のないことでけんかしたりもして、それで仲直りのセックスもして翌朝はもとどおり、みたいなことをくりかえして、わたしはそれだって何度かみたし、でも一度みるともうたまらなくしんどくなって、わたしが潤ちゃんとセックスしたのなんてもう前世かってていうくらいまえのことで、もう二度と、いま目の前でふたりがしているることとっていうのはわたしにはもう二度と、潤ちゃんとあんなふうにっていうのはないことなんだなって思うと、なんかそのまま消えてなくなりそうな気がした。でも消えることはなかったし、ふたりが寝室に入るときはそのままリビングのソファにいることにした。もう死んでしまいたいっていうか、いなくなってしまいたかったけど、じっさいわたしはもう死んでるわけで、かといってここから出てゆくこともできないし、これはいったい何なんだろうって、ずっとソファで座ったたまま、考えても考えてもしょうがないことで頭らへんがいっぱいになっていくんだった。

生きてたとき、わたしはすごく嫉妬深かったけど、いまは熱量っていうかパワーがそげてて何かがうまく持続しない感じがしてて、体はないんだけど精神みたいなものの厚みが薄くなってるみたいでそれは我ながら妙な感覚だった。わたしと過ごした寝室にふたりが入ってゆくのをはじめてみたとき、さすがに戸惑いみたいなのをそれぞれから感じたけど、なんかそれをやってのけなければこれからさきはない、みたいな、踏み絵っていうのかそういう決心みたいなのがそれ以上に感じられて、ふたりともちょっと無理してそうすることを選んでるみたいにもみえた。おなじ寝室のおなじベッドでそんなことが可能なのかって正直わたしは驚いたけれど、でもそれは静かな驚きで、生きてるときの感覚からすればそんなのぜんぜん驚いてもいないに等しくて、潤ちゃんも女もいちど乗り越えると楽になったみたいで、それからはふつうにベッドだってキッチンだって使うようになっていった。

そしたらいつのまにか女が越してきて、荷物が増えて、荷物が減って、わたしの残していたもののことでまた何度か話しあいみたいなのがあって、けんかがあって、けっきょく業者の人を頼んでそれは処分してもらうことにしたみたいだった。べつにリサイクルにまわすとかじゃなくてただ捨てるだけのことだったけど、潤ちゃんは自分にはそれはできないって言って、女のほうもそれで困って、それでそういうことにしたみたいだった。洋服とか下着とかはそのままそっくり大きなゴミ袋に入れられて、雑貨みたいなのはぜんぶ箱につめられてやっぱり外に出されて、そのほかのものはまたべつのゴミ袋に入れられていった。写真とか手紙とか通帳とかそういうのはわたしの父親に引き取ってくれるかどうか相談したみたいだったけど、そっちで処分してくれてかまわないってことになって、潤ちゃんは近所のお寺に持っていって焼いてもらうことにするって女に話しているのがきこえた。わたしが子どものころから大事にしてたぬいぐるみたちはどこなんだろうって気になったけどどこにもみあたらなかったから、わたしは覚えてないけどひょっとしたら棺桶のなかに入れてくれたのかもしれない。どこにもないけど。あとは鏡とか化粧品とかそういうのもゴミになって、カーテンと壁紙が新しいのになって、古いベッドがもってゆかれて新品のベッドがやってきた。かざってた絵は外されて、あつめてたスノードームも、びんせんもポストカードもひきだしのなかにあったものはダンボールゆきになってゴミになった。

それから潤ちゃんと女は結婚して、気がついたら子どもがいて、それは女の子、つぎは男の子が生まれてきて、家族ができて、潤ちゃんはどんどん太って体がおおきくなって、でもやっぱりそれはわたしがよくしってた潤ちゃんで、家具の配置がかわって、けんかしたりもしてるし、みんなしあわせそうで、このまま、またしばらく時間がたって潤ちゃんが年をとって死んでもしわたしと会ったとしても、もうなにを話していいかわかんないなって、そんなことを思いながら、わたしはあいかわらずソファの端っこにいつもすわってるんだった。一度だけ、男の子がまだくちがきけないときに目があって、わたしのほうをみてすっごくうれしそうににっこり笑ってくれたことがある。近よってきてくれて、わたしに手をのばして、うれしそうに笑って、わたしも手をのばして、錯覚かもわからないけど、手にさわれたような気がして、それから腕をのばして抱いてみた。にっこり笑って、男の子もにっこり笑って、そのときほんとに、誰かにみられるってことが、誰かにさわれるってことが、こんなにうれしくてすごいことなんだって、ほんとに思いしって、男の子にありがとうって何度も言って、でも涙っていうのは流れる場所、頰とかあごとか喉とかそういう場所があってはじめて泣いてることがわかるみたいで、わたしはもう自分が泣いてるのか泣いてないのかも、わからなくなってるんだった。

生きてるときに、もしわたしが死んだら、とかいって話してた想像の世界が、いま目のまえでそれとはあんまりちがわないかたちでそうなってて、そのことを思うとすこしさみしいような気持ちがないでもないんだけど、ちょっとまえから、その、精神みたいなのにはりっていうかつよさみたいなのがないみたいな感覚はあって、でもやっぱりちょっとだけかなしいような気持ちがにおいみたいにただよってて、そのなかでじっとしているような、そんな毎日だった。だいじな人が死んでしまってあとに残された人たちが、やっぱりあたらしい誰かとであって恋なのかもっとべつのつながりなのかはわからないけれど、またおなじようにくらしはじめて、そういうことができてしまうこと、そんなのはふつうにあることで、わたしだってそうだったし、そういうのをたくさんみききしたはずだった。家族をぜんいん殺されてしまったありえないほど不幸な人も、もちろんすべてがそうじゃなくてもまたあたらしい家族をつくることができるし、子どもをなくした人もまたあたらしく子どもをつくることができるし、どれだけ愛していた夫とか奥さんをなくしたって、またそれとはべつに、べつの人をべつなように愛することができて、しまって、そうやって、わすれることはわすれてしまって、そう、なにもかもをわすれないとどうしようもなくて、そんなふうに生きてる人間は生きてる人間たちのなかでどうやったって生きていかなきゃいけないんだから、それがあたりまえでよろこばしいことなのはものすごくわかっているんだけど、そんなのわかりきったことなんだけど。わたしだって生きてるとき、死んだいろんな人たちのことをわすれながら生きてきたわけで、母さんのことも、泣いて泣いてしょうがなかった犬たちのことも、おばあちゃんのことも、ぜんぶわすれて生きてる日を生きてきたのだったもの。潤ちゃんがひとりじゃなくてさみしくなくて、わたしはそれがもちろんうれしくて、そうじゃないとこまるし、よかったってほんとうに思ってて、それはほんとに思ってて、でもわたしがいまぼんやりとソファにすわってずっと思ってることっていうのは、死んだ人間っていうのはほんとに無力なんだなって、たぶんそういうことだった。自分が生きているときは、生きてる人間っていうのは死んだひとにたいして、あるいは死んでゆこうとしてる人にたいして無力だなって思ってるところがあった。なんにもいえないし。でも、死んだひとっていうのは生きてるひとになにひとつだってしてあげることはできないし、さわることだってできないし、もうなにもできなくって、ほんとうにちがう世界にいるんだなってそう思う。みえるのにな。生きてるひとをすくうのは、すくえるのは、どうやったって生きてるにんげんでしか、ないんだった。だいじな人がいるなら生きていなければならないんだな。おなじところに、おなじようにいなければだめなんだな、はなれるとかわかれるとかっていうのはほんとうはこういうことだったんだな、ひとはつよくて、いきていくことをつづけてゆくだけのかろうじてのつよさがあれば、そのうちいきているひとがだれか、だれかがきっと、またちからをくれて、ちからをきっとくれるだろう、いきていれば、いきているだれかが。わたしはもっとじゅんちゃんと、いきていたかったんだな。じぶんがなんさいで、ここがほんとうはどこで、そしていまがなんがつなのかももうわからないようなところで、もうどこでもないようなじかんのはざまで、そんなことをたぶんきっといつまでもおもっているんだとおもう。

☆

ほんの数年ではあったけれど、潤一が時子と暮らしていたマンションはその後なかなか買い手がつかず——それはもちろん時子が亡くなる二年前に起きた巨大地震が原因で、彼らは地震のほんの数ヵ月前、海にほど近いその高層マンションの一室を購入したばかりだった。時子がいなくなってから潤一は一年近くをそのままそこで暮らしてみたけれど、時間がたてばたつほど喪失感は薄らぐどころかどんどん濃くなり、さんざん悩んだあげく、売れるまで貯金を切り崩してなんとかローンを払いながら長野の実家へ帰ることを決めた。

ちょうど父親の癌が再発してふたたび入院することになり、そんなに大きくはないけれど温泉街のある駅前で土産物屋を営んでいる家に母親がひとりになったこともあって同居の話はすんなりと進んだ。会社を辞め、土産物屋を引き継ぎ、ときどきは付きあいのあった会社や事務所からの依頼を受けてこまごまとしたデザインの仕事を引き受けることはあったけれど、一年もするとそのやりとりじたいが億劫に感じられるようになってじきにつながりも途絶えていった。せんべいや風鈴やそば茶をぱらぱらと訪れる人々に売りながら一日の大半を店先のソファで過ごすようになった潤一は子どもの頃にもここからおなじようにこの風景を眺めていたことを思いだした。そして中年になった自分がいまここにいて、これから残りの人生をここで過ごすことになることを思えば、絶えず変化に満ちてきたこれまでと、どうしたって変化することのできないものたちがこうしていまおなじ場所に存在しているのだということに静かに驚き、人生というのはまったく妙なものだなとまるで他人事のように思うのだった。

マンションの家具はリサイクルショップの業者に売れるものは売って、売れないものは代金を払って処分してもらい、時子の衣服はすべてそのまま実家にもってきた。下着も靴下もそのまま衣装ケースに入れて、写真はほとんどパソコンに入っていたけれど、手紙やひきだしの中身もすべて——使いかけの化粧品もすべてそのまま運びこんだ。時子の残していった物をそのままもっておくことと自分の気持ちとの関係になにか明確なつながりがあるのかどうか潤一にはわからなかったけれど、結婚してはじめて一緒に暮らしはじめたとき、なにがうれしいっていままでそれぞれの家でべつべつにあった小物とか置物とか持ち物が、こうやってひとつの家のなかでまざっていくのをみるのがすごくうれしいのだと時子がほんとうにうれしそうに言っていたことを彼ははっきりと覚えているからだった。それに、時子の衣服に鼻を近づけるとやっぱりまだくっきりと時子のにおいがしたし、そんなふうに時子のにおいのするものを潤一は捨てることができなかった。

時子がはおっていた紺色の薄手のパーカーを潤一は毎日着るようになり、誰も使わなくなった部屋の押入れにラックを入れてそこに時子の洋服をひとつひとつかけてゆき、眠るまえには必ずふすまをひいて全体を眺めるのが日課になった。

なんでもない一日をなんでもなく、毎日をおなじようにただくりかえし過ごすことに潤一はまたたくまにとけてゆき、もしかしたら自分は最初からいままでをここでこんなふうにひとりで過ごしてきたのじゃないかと、そんなふうに錯覚してしまうことがあった。時子との生活、東京でのあれこれはまるで遠い夢のようで、ほんとはすべて夢だったのじゃないかと、雨あがりに金色に光ってみせるぼこぼことしたアスファルトや夕日に美しくふちどられてゆく巨大な山の端をぼんややり目に映していると、そんなふうに感じられることがあった。

店先で客と、そして食事のときに母親と少し言葉を交わす以外はほとんど誰とも口をきかず、夜は本を読み、朝は五時に起きて人影のない山道を一時間かけて歩き、どこまでいってもおなじように見える毎日を潤一はただひたすらくりかえした。同級生たちの何人かはそのまま地元で家業を継いでいたので何度か飲みに行くことがあったけれど、数時間をかけて思い出話をしてしまうとそれからは話すこともなくなってしまい、道で会えば立ち話ぐらいはするけれどそれ以上の付きあいは自然になくなっていった。ほかには潤一が実家にもどってきたことを噂にきいた中学時代の女友達が何度も店にやってくるようになり、その何度目かにようやっと飲みにゆく約束をとりつけた。さして盛りあがりもしない数時間がなんとなく過ぎ、もうそろそろ出ようかというときに潤一はあからさまなセックスの誘いを受けた。相手がそういうことを期待して飲みに誘っていたことはもちろん頭ではわかっていたけれど、女のそういう態度にじっさいにふれてみると自分でも想像していなかった嫌悪感がこみあげて、ついでそこにある何もかもが――ラミネート加工された居酒屋のメニューや茶色に変色した醬油さしの受け皿や、自分自身と自分がいまここにいることのぜんぶがばかばかしく面倒に感じられて、相手を気遣う余裕もなくずいぶんはっきりとした言葉でそれを断ったために非常に気まずい空気が流れてしまい、彼女はそれから二度と店には来なくなった。

潤一が実家にもどってから一年半後に父親が死に、その一年後に離婚した姉が小学生のふたりの子どもを連れて北海道からやはり実家にもどってきて、家はずいぶんにぎやかになった。まもなくマンションがそんなにひどくない値段で売れ、子どもがいることと、その成長にふれることは潤一にとって新鮮で、そしてその存在はとてもありがたいものだった。あいかわらず潤一は時子の紺色のパーカーを着て毎日を過ごしていたけれど、その意味も、時子の面影も、声も、ふたりで過ごした時間も、なにもかもが日々のなかで確実に遠く薄くなってゆくのだった。眠るまえに眺めてみる時子の洋服はそのまま変わらずそこにあったし潤一の行動も見た目にはなにも変わらなかったけれど、けれどそれを支えているもの、支えていたものは確実にやせてゆき、実家のにおい、現在のにおいが覆いかぶさるようにして時子のにおいを少しずつ逃し、潤一が東京から連れてきた時子のきれはしは、やがてどこにもなくなってしまった。くわしい事情を知らないまま一緒に暮らす子どもたちからしてみれば、あの部屋の押入れに入っている洋服やダンボールやいくつかの箱はよくわからないけれどおじさんの思い出のつまった品でそれ以上でも以下でもなく、潤一にとってもそれらはしだいにそれだけの物になってゆくのだった。物から感情は刻々と剝がれおち、最初はそのことに後ろめたさと淋しさのようなものを感じていたけれど、時子のいた場所を離れた時間を何年も重ねてゆくうちに穏やかな日常といまのちからは潤一の記憶の粒だちを侵食し、そこにどんな感情があったのか、それじたいに気づくこともなくなって、パーカーはただの時子のパーカーに、そして時子の残したものはただ時子が残したものに静かにそっと折りたたまれてゆき、もうそれを広げてみることも、手にとって眺めてみることもなくなっていった。

潤一が五十六歳のとき、いつかまた起きると言われていた大地震が東海沖で起き、以前の記録的な大地震のときとおなじようにたくさんの人々が死んでいったのを彼はテレビのニュースの映像やネットで見た。おなじことが、大変なことがまた起きてしまったと潤一は口をあけたまま首をふり、二十年前とおなじように、連日連夜、報道やネットの映像に釘づけになった。彼を支配する興奮とおそれのそのいっぽうで、しかし人は地震でなくても死んでしまうのだと、運よく大きな被害にはみまわれなかった長野でそんなことをぼんやりと思いもするのだった。死亡が確認されるたびに増えつづけてゆく数字をみながら、それらをつみあげているはずのひとつひとつの死を思った。あの場所にいま塊として巨大な死があるようにみえるだけで、あってはならなかった死がそこにあるように思えるだけで、いつでも、どこでも、人は毎日どこかで死につづけているのだと。でもそれはそんな当然のことをぼんやりとそう思ってみただけで、その漠然とした考えはそれ以上、潤一をどこにも連れてゆきはしなかった。たとえ生き延びたとしても誰もがいつか死ぬのだなと、彼はただそう思っただけだった。

朝方、トイレからもどってもう一度布団に入ろうとしたときにぐらりと大きなめまいがして潤一はそのまま倒れてしまった。それは彼が六十九歳になったばかりの朝のことで、二度にわたる頭部の切開手術を受け、最後の手術から二週間後に息を引きとるまでのあいだに、潤一は人が送る生涯のおよそ半分に相当する時間のなかにいた。気がつくと時子と暮らしているマンションの寝室のベッドのうえにいてぱちりと目が覚め、何度か瞬きをくりかえしたあと、両手両足を確かめるようにして動かしてから体を起こし、それからリビングへ出ていった。時子はいつものようにこちらに背を向けて朝食のための野菜を刻んでいる最中で、彼に気がつくと明るい声でおはようと言った。潤一はまだぼんやりする頭でソファに腰をおろしておはようと返事をし、時子の背中をまじまじと見つめ、なにか大切な話が、忘れずに話をしなければならないことがあったように思うのだけどうまく思いだすことができず、大きくひきのばしたあくびをひとつしたあと、時子のそばへ歩いていってグラスに水を入れて飲んだ。いい天気でうれしくなると時子は言い、潤ちゃんゆうべ歯ぎしりがものすんごかったよと笑い、それだけじゃなくてすっごいうなされてて恐竜みたいだったよ、なんかものすっごい悪夢でもみたんじゃないのとからかうように顔を近づけた。そうかも、と潤一は言って、思いだせないけどなんかすっごくいやな夢みた感じするよ、しかもすごい長い夢、と潤一は言って首をまわし、いまは何時なのか、どれくらい眠ったのかと時計をみても、数字も針も、どれだけ目を凝らしても近づいていってもそれはどうしたって読めないのだった。ねえ、いま何時、と時子にきいても背中をむけたまま知らなーいと明るい声で言うだけで、潤一はしだいに不安になっていった。ねえ、いまっていつだったっけ、春だっけ、秋だっけ、いつだっけ、いま何月になったの、と風も吹かずひとりの人もみえない窓の外の風景を背にして潤一は時子にふたたびきくのだけれど、時子はまた知らなーいと笑うように言うだけで答えてはくれないのだった。そしてトレーにみたことのない果物をいっぱいのせて潤一のそばにやってくると、いまがいつだって、それにここがどこだっていいじゃない、とにっこり笑ってみせ、いまふたりでここにいることはどちらにしたってほんとうのことなんだから、と言って潤一の背中に手をまわして、それから音がするほどかたくつよく抱きしめた。さっきまでおなじベッドのなかにいて、ゆうべもいつものように抱きあって眠ったはずなのに、なぜなのか潤一はこうして時子にふれるのが何十年ぶりのことのように思えて胸がふるえ、その高鳴りには涙さえにじむ思いだった。その不思議な感覚を、この胸にいま押し寄せているもののことを時子に話したいのだけれどうまくゆかず、まるでどこでもないような、しかしそれはいまとしか言いようのない時間の真ん中で、ふたりは目を閉じたまま、ずっと抱きしめあっていた。

本書は、株式会社講談社のご厚意により、講談社文庫『愛の夢とか』を底本といたしました。

愛の夢とか

（大活字本シリーズ）

2024年5月20日発行（限定部数700部）

底　本　講談社文庫『愛の夢とか』

定　価　（本体3,100円＋税）

著　者　川上未映子

発行者　並木　則康

発行所　社会福祉法人 埼玉福祉会

埼玉県新座市堀ノ内3—7—31　〒352—0023

電話　048—481—2181

振替　00160—3—24404

印刷製本所　社会福祉法人　埼玉福祉会 印刷事業部

ISBN 978-4-86596-635-0

大活字本シリーズ発刊の趣意

現在，全国で65才以上の高齢者は1,240万人にも及び，我が国も先進諸国なみに高齢化社会になってまいりました。これらの人々は，多かれ少なかれ視力が衰えてきております。また一方，視力障害者のうちの約半数は弱視障害者で，18万人を数えますが，全盲と弱視の割合は，医学の進歩によって弱視者が増える傾向にあると言われております。

私どもの社会生活は，職業上も，文化生活上も，活字を除外しては考えられません。拡大鏡や拡大テレビなどを使用しても，眼の疲労は早く，活字が大きいことが一番望まれています。しかしながら，大きな活字で組みますと，ページ数が増大し，かつ販売部数がそれほどまとまらないので，いきおいコスト高となってしまうために，どこの出版社でも発行に踏み切れないのが実態であります。

埼玉福祉会は，老人や弱視者に少しでも読み易い大活字本を提供することを念願とし，身体障害者の働く工場を母胎として，製作し発行することに踏み切りました。

何卒，強力なご支援をいただき，図書館・盲学校・弱視学級のある学校・福祉センター・老人ホーム・病院等々に広く普及し，多くの人人に利用されることを切望してやみません。